소중한 당신이 행복하면 좋겠습니다

현우

소중한 당신이 행복하면 좋겠습니다

ascending

프롤로그

오늘도 정말 고생 많았어요.
이렇게 어려운 시간을 잘 견뎌줘서 고마워요.
요즘 많이 지치죠?

일은 뜻대로 풀리지 않고, 모든 것이 낯설고 힘들어서 자신감이 떨어질 때가 많죠. 사람들과의 관계도 쉽지 않고 멀어진 느낌에 예전의 시간이 그리워질 때도 있을 거예요.

다른 사람들은 모두 잘 지내는 것 같은데 왜 나만 이렇게 힘든 걸까 생각하며 속상할 때가 많을 거예요. "힘내라"는 말조차 이제는 위로가 되지 않는다는 걸 알아요. 나도 그런 적이 있었으니까요. 하지만 당신은 정말 잘하고 있어요. 이렇게 힘든 상황 속에서도 어떻게든 잘 해보려고 애쓰는 당신이 정말 대단해요.

포기하고 싶은 순간도 많았겠지만, 조금만 더 힘을 내봐요. 힘든 시간이 지나면 결국 좋은 날이 찾아올 거예요. 지금까지 버텨온 것에 대해 잘했다고 느끼는 순간이 반드시 올 거예요. 우리 약속해요. 지금까지 그래왔듯이 절대 포기하지 않겠다고. 힘든 하루를 이겨내고, 다시 일어나 새로운 하루를 맞이하는 당신이 정말 자랑스러워요. 고생 많았어요. 진심으로 감사해요.

이렇게 잘 견뎌줘서 정말 고마워요. 당신의 모든 노력과 인내는 결코 헛되지 않을 거예요. 자신을 믿고 자랑스럽게 생각하세요. 지금까지 잘 해왔고, 앞으로도 더 잘 해낼 수 있을 거예요. 모든 것이 힘들고 지칠 때, 스스로에게 따뜻한 말을 건네세요. "나는 충분히 잘하고 있어. 조금만 더 힘내자." 이 한마디가 당신의 마음을 따뜻하게 해줄 거예요.

굳이 괜찮은 척하려 애쓰지 않아도 괜찮아요. 모두가 서툴더라도 잘 해내고 싶은 마음이 있고 서로에게 좋은 사람이 되고 싶은 마음이 있기 때문이겠죠. 정말 괜찮아요. 걱정이 있다면 그 안에 사랑이 있고 고민이 있다면 그 안에 목표가 있습니다. 그러니 지금 당장은 괜찮지 않아도 오늘 우리는 충분히 괜찮습니다.

어려운 순간에는 아주 작은 것들로부터 위로와 희망을 찾아내는 법을 배우게 될 거예요. 당신은 혼자가 아니에요. 많은 사람들이 당신을 응원하고 있어요. 힘든 시간이 지나면, 당신은 더욱 강해질 거예요.

당신이 자랑스러워하는 그날이 올 때까지, 절대 포기하지 말아요. 오늘도 정말 애썼어요. 진심으로 감사해요. 이렇게 잘 견뎌줘서 고마워요. 당신이 자랑스러워요.

차례

1장 인간관계

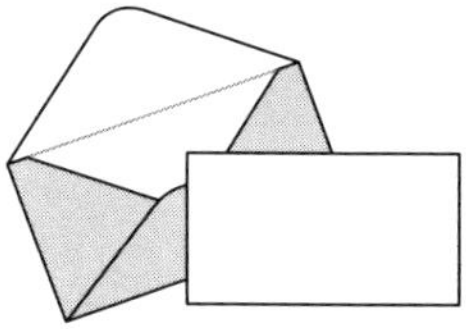

2장 사랑하는 사람에게

3장 나에게

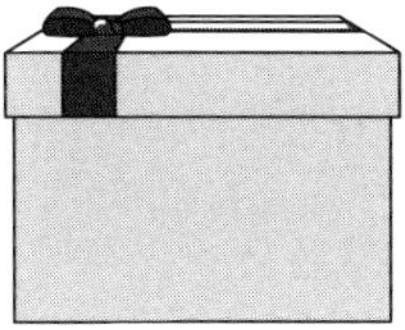

1장

인간관계

인간관계에서 오해 받는 과정

인간 관계에서 오해를 받는 순간은
마치 새로운 진실이 세상에 나올 때와 비슷합니다.

처음에는 종종 잘못 이해되거나
왜곡된 형태로 받아들여지기 마련입니다.
우리의 진심이나 진정한 의도도
때때로 오해의 대상이 되곤 합니다.
이러한 오해는 그저 통과의례처럼 느껴질 수도 있습니다.

첫 번째 단계에서는 자신의 말이나 행동이

잘못 해석되어 조롱이나 비난의 대상이 됩니다.
이는 단지 초기 반응일 뿐이며,
때로는 사람들이 자신의 기대나
선입견에 따라 판단을 내리기 때문입니다.
이 시기에는 차분하게 상황을 바라보고,
우리의 진실된 마음을 재확인하는 것이 중요합니다.

다음으로, 오해는 좀 더 심각한 반대와 대립으로 이어질 수 있습니다.
이때는 자신의 입장을 분명히 하고,
필요하다면 사실을 바로잡아야 합니다.
대화와 소통은 오해를 해소하는 데 큰 도움이 됩니다.
이 과정은 때로는 감정적으로 힘들 수 있지만,
인내와 이해를 통해 관계를 더욱 깊고
의미 있게 만드는 기회가 될 수 있습니다.
마지막으로, 시간이 지나면서 진실은 점차 명확해지고,
오해도 자연스럽게 해소됩니다.
우리의 진심이나 진정성이 인정받을 때,
그동안의 어려움이 결실을 맺는 순간이 찾아옵니다.
진실이 자명해지면,

우리는 더 강하고 단단해진 관계를 경험할 수 있습니다.

성격이 밝고 여유로운 사람의 특징

성격이 밝고 여유로운 사람들은
대개 유머 감각이 뛰어나고
항상 긍정적인 것들로 자신을 둘러싸려고 합니다.
이들은 생산적인 모임에 참여하여
새로운 사람과의 만남을 즐깁니다.

설령 어려운 상황에 처하더라도
특유의 밝음으로 이를 웃어넘기며,
다시 일어서는 강인한 정신력을 지니고 있습니다.

이들은 자연스럽게 부정적인 영향을 미치는 사람들을 멀리하고,
긍정적인 에너지를 주는 사람들과 가까이합니다.
이렇게 좋은 사람들과 어울리면서
그들로부터 긍정적인 영향 받으며 자신을 성장시킵니다.

이러한 성격의 사람들은 아마도
아이가 어떻게 자라야 행복할지 고민하는
부모님의 보살핌 속에서 자랐을 가능성이 큽니다.
혹은 사랑이 넘치는 연인이나 배우자, 훌륭한 스승
또는 정말 좋은 친구를 만났기 때문일 수도 있습니다.

그 결과, 이들은 얼굴에 늘 미소를 띠고 있으며, 이러한
미소는 그들이 매 순간을 즐겁게 보냈다는
증거 입니다.
비록 모든 순간을 기억하지 못할지라도,
그들과의 시간은 행복으로 가득 차 있었을 것입니다.
이렇듯 밝고 여유로운 성격을 가진 사람들은

주변의 긍정적인 에너지를 자신에게 흡수하며,

자신의 삶을 더욱 풍요롭게 만들어갑니다.

성인이 되어서 아빠가 해준 조언

아버지는 인생에서 어떤 사람을 만나야 하고,
어떤 사람을 피해야 하는지에 대해 이야기해주셨다.

먼저, 너에게 기쁨을 줄 수 있는 사람을 만나야 해.
내가 기쁜 순간에 진심으로 축하해주는 사람인지,
아니면 시기하는 사람인지 잘 살펴보렴.
진정한 친구는 너의 성공을 진심으로 기뻐할 거야.

서로의 다름을 존중할 줄 아는 사람을 만나야 해.
다름을 틀림으로 내세우지 않고,

있는 그대로 받아들일 줄 아는 사람이야말로
진정한 동반자가 될 수 있어.

물론 무언가 잘못 됐을 때는
바로 잡아줄 수 있어야만 한다.

이는 서로에 대한 존중과 이해가
바탕이 되어야만 가능하지.
시간을 내서 너를 만나는 사람인지,
시간이 나서 만나는 사람인지도 중요해.

소중한 사람을 위해 시간을 내는 것은
그만큼 애정을 가진다는 증거란다.
필요할 때만 찾는 사람보다는
언제나 함께할 수 있는 사람이 진정한 친구야.

네가 필요한 사람인지,
너의 어떤 무언가가 필요한 사람인지도 잘 구분해야 해.
진정한 친구는 네 존재 자체를 소중하게 여기지,
어떤 이익을 위해서 너를 필요로 하지 않아.

그들의 태도가 네 곁에 있을 때와 떨어져 있을 때
동일한지도 중요한 점이야.
진정한 친구는 언제나 같은 마음으로 너를 대할 거야.
내가 초라한 순간에도 곁에 남아주는 사람이 있는지,
아니면 떠나는 사람인지도 중요해.
어려운 순간에 곁을 지켜주는 사람이 진정한 친구야.
인생은 주변 사람들에 따라 많은 영향을 받는단다.
좋은 벗을 사귀는 것은 정말 중요해.
함께 있으면 이유 없이 편안한 사람을 만나야 해.
반대로, 이유 없이 불편한 사람은 피하는 것이 좋단다.

객관적으로 생각해봤을 때
네 인생에 도움이 되는 사람인지
아니면 피해만 주는 사람인지도 잘 판단해야 해.
좋은 친구는 서로를 존중하고 아껴주며,
존재만으로도 든든해지는 그런 사람이야.

인생에서 좋은 사람들과 행복한 시간을 많이 보냈다면,

그것이 바로 좋은 인생이란다.

한쪽이 일방적으로 희생하는 관계가 아니라,

서로 이해하고 존중하는 관계를 유지하길 바란다.

무례한 사람들의 입을 막는 한 마디

무례한 사람의 말에 상처받고 당황했던 적이
누구에게나 있을 겁니다.
무례한 말을 듣고 상처받은 티를 내지 않으려 노력해도,
무례한 사람은 계속해서 무례한 말을 합니다.
반대로 화를 내면, 그들은 이렇게 말할 겁니다.
"뭘 그런 걸 가지고 화를 내?" 이런 상황에서는 내가 더 말리게 되고,
결국 감정은 더 상하게 됩니다.

무례한 사람들은 기본적으로

상대방의 괴로워하는 반응을 즐기기 때문에 이런 행동을 합니다.
그들이 무례한 말을 했을 때는,
5초 정도 빤히 쳐다보며 이렇게 물어보세요.
"그 말이 어떤 의미야?" 구체적으로 의미를 물어보면,
상대방은 당황할 수밖에 없습니다.

그들은 의미 없이 상처 주려 했기 때문에,
예상과 다르게 반응하면 말을 얼버무리거나
자리를 피하게 됩니다.

상처받은 티를 내지 말고
상대방이 기대하는 반응을 보이지 마세요.
확실하게 대처하고 더 이상 무례할 수 없게 만드세요.
내 감정은 내가 지켜야 합니다.

일본의 저명한 시인 마쓰오 바쇼는
무례한 사람들에게 대응할 때 침착함을 유지하는 것이
중요하다고 말합니다.
그는 "침묵은 가장 큰 응답"이라고 말하며,

무례한 말을 들었을 때 침묵과 함께
그 사람을 똑바로 쳐다보는 것이
상대방을 당황하게 만들 수 있다고 합니다.

이는 무례한 사람이 자신의 행동을 돌아보게 만들고,
그들이 의도한 반응을 얻지 못하게 합니다.

인생의 바닥에서 깨닫는 진실:
사람들과의 관계

인생에서 바닥을 치고 나면
주변 사람들에 대해 많은 것을 깨닫게 됩니다.
내가 믿었던 사람들이 거짓말처럼 등을 돌릴 때
그들은 나를 사랑한 것이 아니라
내 배경과 환경을 사랑했던 것임을 알게 됩니다.

잘나갈 때는 칭찬을 아끼지 않던 사람들이,
잠시 무너지면 비난하고, 다시 일어서면
마치 이겨낼 줄 알았다는 듯 다시 칭찬합니다.

태도를 쉽게 바꾸는 사람들만 곁에 있다는 것은
내가 잘못된 길을 가고 있다는 신호일지도 모릅니다.
그래서 자신의 주변을 돌아보고,
진정 언제나 내 가치를 알아줄 사람들을
곁에 두는 것이 중요합니다.

사람들은 자신의 이익에 따라 쉽게 변할 수 있지만,
진정한 친구는 당신의 상황과 관계없이 항상 곁에 있을 것입니다.

항상 주변 사람들의 태도 변화를 주의 깊게 살펴보세요.
그들이 나를 진정으로 아끼고 있는지,
아니면 나의 성공과 환경에만 관심이 있는지 분별하는 것이 중요합니다.
인생에서 오르락내리락하는 순간에도,
꾸준히 나를 지지해주는 사람의 존재는 큰 힘이 됩니다.
이러한 사람들을 소중히 여기고,
그들의 진심을 알아보는 눈을 가지는 것이 중요합니다.
바닥을 경험하며 우리는 진정한 관계의 가치를 깨닫게

됩니다.

주변 사람들의 진실된 태도를 통해

자신이 누구와 함께 해야 할지를 결정해야 합니다.

내 사람을 알아보는 법:
진짜와 가짜의 구분

사람의 본성을 알아보기 위해서는 그에게
친절하고 따뜻하게 대해보세요.
진정한 사람은 당신의 호의를 받고 어떻게
보답할지 고민할 것입니다.
반면에 가짜는 점차 본색을 드러내기 시작할 것입니다.
이 간단한 테스트로 사람의 진가를 알 수 있습니다.

말이 거친 사람은 내면에 분노가 많습니다.

항상 다른 사람을 비난하는 사람은 타인의 성
공을 질투하는 것입니다.

자신의 이야기를 자주 자랑하는 사람은
마음의 안정감이 부족한 경우가 많습니다.
반대로, 부드럽고 친절하게 말하는 사람은
내면이 평화롭고 안정된 사람입니다.

주변 사람들에게 긍정적인 말을 자주 건네는 사람은
마음속에 행복을 지닌 사람입니다.
어려운 상황에서도 위로의 말을 건넬 줄 아는 사람은 사랑이 많고,
진심으로 다른 사람을 생각하는 사람입니다.
이러한 마음의 여유는 삶의 만족도와 좋은 인간관계에서 비롯됩니다.

예를 들어, 친절한 사람은 어려운 상황에서도
항상 도움의 손길을 내밀며,
긍정적인 말을 아끼지 않습니다.
그들은 주변 사람들에게 따뜻함을 전하고,
작은 일에도 감사함을 표현합니다.

이런 사람들과 함께하면

당신도 자연스럽게 긍정적인 영향을 받게 됩니다.
반면에, 부정적인 사람은 작은 일에도
쉽게 화를 내고, 남을 험담하며,
자신의 불안함을 감추기 위해
끊임없이 자신을 자랑합니다.
이런 사람들과의 관계는 피로감을 주고, 에너지를 소모시킵니다.

마음의 여유와 만족감은 우리가 맺는 인간관계에서 큰 영향을 받습니다.
좋은 사람들과 함께하면
우리의 삶은 더욱 풍요로워집니다.

반대로 나쁜 사람과의 관계는
우리의 에너지를 소모시키고,
부정적인 영향을 미칠 뿐입니다.

자신의 마음 상태를 자주 점검하고,
내면의 평화를 찾는 것이 중요합니다.
행복한 삶을 위해 긍정적인 사람들과 함께하고,

부정적인 사람들과의 관계는 줄이는 것이 필요합니다.

우리의 인생은 짧고

행복을 누리기에도 시간이 부족합니다.

부정적인 사람들에게 에너지를 낭비하지 말고,

당신의 가치를 알아주는 사람들과 함께 하세요.

마지막으로, 자신에게 이렇게 물어보세요.

"내 주변에 어떤 사람들이 있는가?" 그 대답이 당신의 삶의 질을 결정짓습니다.

좋은 사람들과 함께 하여 더욱 행복하고

만족스러운 삶을 누리시길 바랍니다.

"친절을 베풀고, 진정한 사람과 가짜를 구별하세요.

가짜는 자연스럽게 드러나게 되어 있습니다."

다정하게 진실을 전하는 법

알베르 카뮈는

"진실을 말하면서도 상처 주지 않는 법을 배워야 한다“

라고 말했습니다.

우리는 종종 조언이라는 명목으로

날카로운 말을 내뱉지만,

그 말이 상대에게 얼마나 큰 상처가 될지

미처 생각하지 못합니다.

진실을 전할 때도 다정함을 잃지 않는 것이

얼마나 중요한지 기억해야 합니다.

세상에는 '팩트 폭력'이라는 말이 있습니다.
팩트라는 이름으로 상처 주는 말들을 정당화하지만,
사실 그것도 폭력입니다.
폭력은 어떤 형태로든 나쁜 것이며,
상대의 마음에 상처를 주는 것은 옳지 않습니다.

우리는 진실을 전하면서도
상대방을 배려하는 법을 배워야 합니다.

당신이 친구에게 조언을 해야 할 때,
부드럽고 따뜻한 말투로 접근해 보세요.

"이번에는 아쉬웠지만, 다음에는 분명히 더 잘할 수 있을 거야."라고 말해보세요.
이렇게 하면 친구는 자신의 실수를 인정하면서도,
더 나은 미래를 기대할 수 있습니다.
다정한 말 한마디가 차가운 진실보다 더 큰 힘을 발휘할 수 있습니다.

이 다정함은 자신에게도 필요합니다.
우리는 종종 자기 자신에게
가장 가혹한 비판자가 되곤 합니다.
실수할 때마다 자책하지 말고,
스스로에게 따뜻한 위로의 말을 건네세요.
"지금은 힘들지만, 나는 최선을 다하고 있어. 다음번에는
더 잘할 수 있을 거야."
이렇게 말해보세요. 당신은 충분히 잘하고 있고,
앞으로 더 잘할 수 있는 잠재력을 가지고 있습니다.

우리는 모두 완벽하지 않으며
누구나 실수 할 수 있습니다.

중요한 건 그 실수를 어떻게
받아들이고 극복하느냐 입니다.
자신에게 친절하고 다정한 태도를 유지한다면,
더 나은 삶을 살아갈 수 있을 것입니다.

당신은 이 세상에서 특별하고 소중한 존재입니다.
어떤 어려움이 닥쳐도,

당신은 그 모든 걸 이겨내는 힘을 가졌습니다.
항상 스스로를 믿고, 자신의 길을 걸어가세요.
당신의 노력과 인내는 결국 빛을 발할 것입니다.
마음의 상처는 시간이 지나면서 자연스럽게 치유될 수 있습니다.
하지만 그 상처를 덧나게 하지 않기 위해서는,
다정한 말과 행동이 필요합니다.
스스로에게도 그러한 태도를 유지하세요.
자신의 실수를 인정하고,
앞으로 나아갈 수 있는 힘을 주는 것이 중요합니다.

진실을 다정하게 전하는 법을 배우는 것은
우리 모두에게 중요한 과제입니다.
이는 단순히 상처를 주지 않기 위한 것이 아니라,
더 나은 관계를 형성하고, 더 행복한 삶을 살기 위한 방법입니다.
언제나 상대방과 자신을 이해하며,
다정하게 진실을 전하는 사람이 되기를 바랍니다.

당신의 촉을 믿어보세요

느낌이 좋지 않을 때

그 직관을 믿어야 합니다.

당신의 삶을 살아오며 쌓인 경험과

지식의 집합체가 바로 이 직관이기 때문입니다.

사람들과 어울리다 보면

"아닐 거야, 그냥 기분 탓이겠지"라고

생각하며 넘기는 순간들이 있습니다.

상대를 믿고자 하는 마음으로
내가 잘못 짚었으리라 생각하지만
이런 느낌이 반복된다면 주의가 필요합니다.

당신의 감각이 반응하는 이유는
그 사람의 말이나 행동에서 미묘한 이상함을 감지하기 때문입니다.
반복되는 우연은 필연이라는 말처럼,
소위 말하는 쎄하다는 느낌은
뭔가 이상한 점을 인식해야 한다는 신호입니다.
이는 숨기려 해도 숨길 수 없는 진실입니다.

편견을 가지면 안 되지만,
직관이 알려주는 경고를 무시해서는 안 됩니다.
그 쎄한 느낌의 근거를 찾았다면
이제는 행동에 나서야 합니다.
그 사람을 피하거나, 대화를 통해 문제를 해결해야 합니다.
그렇지 않으면 상황은 걷잡을 수 없이 커질 수 있습니다.
뇌과학 연구에 따르면,

우리의 뇌는 무의식적으로 주변의 작은 단서들을
수집하고 분석하여 직관적인 결정을 내립니다.

이러한 직관은 때로는
우리의 의식적인 판단보다 더 정확할 수 있습니다.
그러므로 내면의 목소리를 신뢰하는 것은 매우 중요합니다.
자신의 직관을 무시하지 않고
그 느낌에 귀 기울이는 것이 중요합니다.
내면의 목소리는 당신이 그동안 쌓아온
모든 경험과 지혜의 집약체입니다.
이를 신뢰하고 따를 때
더 나은 선택과 결정을 내릴 수 있습니다.
감정과 직관은 우리가 예상치 못한 상황에서도
중요한 지침이 되어줍니다.

누군가 교묘하게 욕할 땐

인간관계에서는 대부분 10명 중
1명만이 나를 좋아하고, 3명은 무관심하며,
나머지 6명은 나를 싫어할 수 있습니다.

누군가가 당신을 비난하고
교묘하게 공격하며 스트레스를 줄 때 기억하세요.

그들이 당신을 지켜보고 평가하며
비아냥거릴 때도 당신은 묵묵히 자신의 일을 하세요.

소문이 퍼지더라도 자신의 일에 집중하세요.

쓸데없는 것에 신경 쓰며 감정 낭비할 필요는 없습니다.
꾸준히 자신의 일을 하다 보면
결국 감정은 사라지고 원하는 결과를 얻게 됩니다.

누군가가 당신을 욕할 때
시간이 지나면 그들의 비난거리도 줄어들 것입니다.
반복적으로 남을 비난하는 사람은
주변 사람들이 그들의 본성을 알아차리게 됩니다.
결과적으로 그들은 점점 외로워질 것입니다.
반면에, 자신에게 집중하며 살아가는 사람은
계속해서 발전하고 성장할 것입니다.

비판을 받을 때 중요한 것은
그들의 말에 휘둘리지 않는 것입니다.
자신의 목표와 할 일에 집중하면서 살아가다 보면
그들의 비난은 점차 무의미해지고
당신은 더 큰 성과를 얻을 것입니다.

결국 주변의 부정적인 의견에 흔들리지 않고
꾸준히 자신의 길을 가는 것이 가장 좋습니다.
누군가가 당신을 험담할 때마다 이 사실을 기억하세요.
시간이 지남에 따라 진실은 드러나고
당신을 비난하던 사람들의 말은 힘을 잃게 될 것입니다.

주변 사람들은 결국 그들의 진짜 모습을 알게 되고,
당신은 당신의 길을 계속 걸어갈 것입니다.
그래서 외부의 부정적인 의견에 흔들리지 말고
자신의 목표에 집중하며 묵묵히
자신의 일을 해나가는 것이 중요합니다.

시간이 지나면 당신의 노력이 결실을 맺고
부정적인 감정은 사라질 것입니다.
내 할 일을 충실히 하면서 살아가는 것이
결국 성공적인 삶으로 이어질 것입니다.

배울 수 있는 좋은 친구를 사귀세요

친구와 대화를 나누며 새로운 것을 배워보세요.
대화는 서로의 문화를 이해하고
지식을 쌓는 즐거운 시간이 될 수 있습니다.

친구를 스승처럼 여기고,
함께 대화하는 시간을 소중히 여겨보세요.
말하고 듣는 것에서 즐거움을 찾아보세요.
우리는 보통 비슷한 관심사를 가진 사람에게 끌리지만,
그 대화를 통해 더 넓은 세상을 배울 수 있습니다.
친구와의 대화는 우리의 마음과 생각을 넓혀줍니다.

다른 사람의 이야기를 들어보세요.

그들의 경험과 지혜는 우리의 삶에 큰 도움이 됩니다.

다양한 사람들과의 만남을 통해 지식과 이해를 넓혀보세요.

누군가의 집을 방문할 때

그 장소를 배움의 장소로 생각해보세요.

모든 경험과 지식은 우리 삶을

더욱 풍요롭게 만들어줍니다.

언제나 열린 마음으로

다른 사람의 이야기를 듣고, 친구와 함께 성장해보세요.

유명인이 겪는 딜레마

모든 유명인은

사람들의 기대를 만족시키지 못해

어려움을 겪습니다.

꿈꾸는 것은 쉽지만 실현하는 것은 어렵습니다.

현실과 상상은 다를 수밖에 없고

상상은 희망과 결합하여 실제보다

더 큰 감정을 만듭니다.

아무리 훌륭한 사람이라도

기대를 충족시키지 못하면
사람들은 실망하고 좌절합니다.

희망은 때로 진실을 왜곡할 수 있기에
실력이 욕망을 넘어설 수 있도록 노력해야 합니다.
희망과 현실의 차이를 이해하고
우리의 능력을 키우는 것이 중요합니다.

기대를 충족시키지 못할 때의
실망감을 줄이기 위해
항상 진실을 직시하고
자신을 발전시키는 것이 필요합니다.
우리의 목표는 항상 현실적이어야 하며
희망과 꿈을 이루기 위해 꾸준히 노력해야 합니다.

완벽해지려 애쓸 필요 없다

완벽해지려는 노력은 좋지만
누구나 작은 결함을 가지고 있습니다.
사람들은 종종 우리의 작은 결함을 보지만,
그것이 우리를 완전히 설명하지는 않습니다.
중요한 것은 그런 결함을 잘 다루거나
숨길 줄 아는 것입니다.

하지만 결함이 있어도 괜찮아요.
우리 모두는 완벽하지 않아요.
중요한 것은 서로의 결함을

이해하고 받아들이는 것입니다.

그런 사람이 곁에 있다면 금상첨화일 겁니다.

때로는 결함이 우리를 특별하게 만들기도 합니다.

서로의 결함을 포용하고,

따뜻한 마음으로 서로를 격려합시다.

완벽하지 않아도 괜찮습니다.

우리는 모두 작은 결함을 가지고 있습니다.

그 결함을 이해하고 받아들이며,

서로 도와주는 것이 중요합니다.

작은 결함은 우리의 아름다움을 가릴 수 없습니다.

서로를 있는 그대로 사랑하고, 응원합시다.

의도를 파악하세요

상대방의 마음을 알아채는
능력은 아주 소중합니다.

말을 주의 깊게 듣고,
그 안에 담긴 의미를 이해해 보세요.

친절한 말을 들으면
우리의 믿음이 더욱 굳건해지고
반대 의견을 들으면 새로운 동기가 생겨
행동으로 이어질 수 있습니다.

다른 사람 의도를 잘 파악하는 건 중요한 능력입니다.
그들의 말을 잘 듣고, 숨겨진 의미를 찾아보세요.
따뜻한 말을 들으면 우리의 신념이 더 강해지고,
반대 의견을 통해 새로운 동기를 얻어 행동할 수 있습니다.

서로의 마음을 이해하는 것은 중요한 일입니다.
상대방의 말을 잘 듣고
그 속에 담긴 깊은 의미를 찾아보세요.

친절한 말을 들으면 우리의 마음이 따뜻해지고,
반대 의견을 통해 우리는 더욱 강해질 수 있습니다.

다른 사람의 마음을 헤아리는 능력은 큰 힘이 됩니다.
상대방의 말을 주의 깊게 듣고
그 속에 담긴 진심을 이해해 보세요.
따뜻한 말을 들으면 우리의 믿음이 더 단단해지고
반대 의견을 통해 우리는 더 나아갈 수 있습니다.

베푸는 게 좋아요

은혜를 베푸는 것은
높고 힘 있는 사람에게
가장 큰 영광입니다.

많은 사람들에게 선을 행할 수 있다는 것은
그 자리가 가진 큰 특권입니다.
은혜를 베푸는 사람은 친구를 얻고,
좋은 관계를 오래 유지할 수 있습니다.

따뜻한 마음으로 다른 사람에게 베푸는 것은

우리의 삶을 더욱 풍요롭게 만듭니다.

은혜를 베푸는 사람은 주변 사람들에게
좋은 인상을 남기고
많은 이들의 사랑과 존경을 받게 됩니다.

반면 은혜를 베풀지 않는 사람은
그들의 나쁜 기질로 인해 나쁜 평판을 얻게 될 수 있습니다.

따뜻한 마음으로 베풀면
우리의 삶도 그만큼 따뜻해집니다.
좋은 일을 하는 것은 우리의 마음을 밝게 하고
다른 사람들에게도 긍정적인 영향을 미칩니다.

다른 사람에게 베푸는 작은 은혜가
큰 기쁨으로 돌아올 것입니다.

은혜를 베푸는 것은 우리가
더 나은 사람이 되도록 도와줍니다.

친구를 얻고, 좋은 관계를 유지하는 비결은
바로 따뜻한 마음으로 다른 사람에게 베푸는 것입니다.
여러분의 따뜻한 마음이 세상을 더 아름답게 만들 것입니다.

감당할 수 없게 과장하면
큰 코 다칩니다

사실을 있는 그대로 말하고,
과장해서 나쁜 소문이 퍼지지 않게
말 한마디를 할 때 신중해야 합니다.

이건 다른 사람을 위한 일이기도 하지만
결국 나를 위한 일이 됩니다.

내가 쓴 글이 순식간에
온라인 속에서 퍼지듯이
나의 말도 계속 사람들에게 계속

퍼지기 마련입니다.

때로는 내가 했던 말이 아니라
왜곡 되거나 과장되어서 당사자에게
전달 되기도 합니다.

때문에 조심하는 것이 중요합니다.
과장은 때때로 우리의 판단을 흐리게 하고,
지식이나 취향을 제한하게 만듭니다.

칭찬은 호기심과 욕망을 불러일으키지만,
그 가치가 실제보다 높으면 실망을 초래할 수 있습니다.
신중한 사람은 과장보다는
부족함을 더 가치 있게 여깁니다.

사실을 과장하지 않는 것이 중요합니다.
과장은 우리의 판단을 흐리고
진실을 왜곡할 수 있습니다.

칭찬은 사람들의 관심을 끌지만

실제보다 높게 평가되면 실망을 줄 수 있습니다.
그래서 신중한 사람들은 과장보다는
솔직함을 선호합니다.

있는 그대로의 사실을 존중하는 것이 중요합니다.
과장은 우리의 판단력을 흐리게 하고,
실망을 가져올 수 있습니다.
진실한 칭찬은 사람들에게 기쁨을 주지만
과장된 칭찬은 결국 실망을 안겨줄 수 있습니다.
신중한 사람들은 과장보다 진솔함을 더 중요하게 여깁니다.
정직하고 신중한 태도를 가지세요.

사실을 과장하지 않고,
진실한 마음으로 대하는 것이 중요합니다.
과장은 때때로 우리의 판단을 흐리게 하지만,
솔직함은 우리의 신뢰를 높여줍니다.
신중한 사람들은 항상 진실을 존중하고,
과장보다는 부족함을 더 가치 있게 여깁니다.
상황에 따라 맞춰서 행동하려 노력해보세요.

상황에 맞는 언행

소수의 의견을 존중하면서도
다수와 대화할 때는 신중함이 필요합니다.

진실은 때로 소수의 몫일 수 있으며
지혜로운 사람은 자신의 목소리를
드러내지 않기 때문에
쉽게 알아차릴 수 없습니다.

신중한 사람은 모순을 피하고,
자신의 생각을 자유롭게 가지되,

적절한 사람 앞에서만 표현합니다.

모든 상황에서 적절히 행동하는 것은
우리의 지혜를 보여줍니다.
소수의 의견을 존중하면서도
다수와의 대화에서는 신중함을 유지하세요.

진실은 때로 소수에게만 보일 수 있고
지혜로운 사람은 자신을 드러내지 않아
쉽게 알아보지 못할 때가 많습니다.

신중한 사람은 모순을 피하고
생각을 자유롭게 가지면서도
언제, 어디서, 누구에게 말할지 신중하게 결정합니다.
그 누구도 아닌 당신을 위해서 말이죠.
중요한 것은 상황에 맞게 행동하고
자신의 목소리를 적절하게 표현하는 것입니다.

자신의 생각을 자유롭게 가지되,
적절한 상황과 사람 앞에서만 표현하는 게 중요합니다.

우리의 행동과 말이 주는 영향을 항상 생각하며

신중하게 행동하세요.

그렇게 함으로써

우리는 더욱 지혜롭고 따뜻한 사람으로

성장할 수 있습니다.

용기

작은 자가 큰 자에게 도전할 수 있다는 것은
때로는 놀라운 일이지만,
용기를 가볍게 여겨서는 안 됩니다.

처음에 양보하기 시작하면
계속해서 양보하게 되고
결국에는 모든 것을 잃을 수 있습니다.

정신적인 용기는 매우 중요하며
언제든지 용기를 발휘할 준비가 되어 있어야 합니다.

처음에 양보하면 계속 양보하게 되고
결국 모든 것을 잃게 될 수 있습니다.

우리는 용기를 가지고 자신을 지켜야 합니다.
비겁함은 우리를 더 어려운 상황으로 이끌 수 있습니다.
용기를 가지고 앞으로 나아가세요.

신중함

신중함은 우리를 많은 문제로부터 지켜줍니다.

도움이 되지 않는 나쁜 소식은 피하고,

불필요한 걱정을 줄이는 것이 중요합니다.

일부 사람들은 험담을 좋아합니다.

그러나 일시적인 즐거움을 위해

평생 고생할 필요는 없습니다.

나중에 큰 고통을 겪기보다는

지금 조금의 고통을 겪는 것이 더 낫습니다.

지금 약간의 고통을 감수하는 것이

나중에 큰 고통을 겪는 것보다 낫습니다.

신중함을 잃지 말고, 항상 자신의 마음을 잘 지키세요.

신중한 태도는 우리를 더 나은 길로 이끌어 줄 것입니다.

신중함은 우리를 많은 문제로부터 보호해 줍니다.

도움이 되지 않는 나쁜 소식은 피하고,

불필요한 걱정을 줄이는 것이 중요합니다.

신중하게 행동하고, 마음의 평화를 유지하세요.

거절

모든 것을 양보하지 마세요.

거절하는 방법을 제대로 알아야 합니다.

특히 높은 위치에 있는 사람에게는 더욱 그렇습니다.

상황에 따라 적절하게 대처하는 것이 중요합니다.

어떤 사람은 '아니오'라는 말을 '예'보다

더 진지하게 받아들일 수 있습니다.

공손하고 부드러운 말로 거절하면,

그 부담이 훨씬 줄어듭니다.

우리는 모두 때로는 거절해야 할 상황에 놓입니다.
중요한 것은 상대방의 감정을 배려하면서도,
자신의 입장을 분명히 전달하는 것입니다.

공손한 태도로 거절하면
상대방도 그 마음을 이해할 수 있습니다.
거절하는 것이 불편할 수 있지만,
올바른 방법으로 전달하면 서로에게 도움이 됩니다.
자신을 지키면서도, 다른 사람과의 관계를 소중히 여기세요.

진중함

지혜는 심각한 문제를 다룰 때 필수적입니다.

농담을 자주 하는 사람은

진지한 일을 처리하기 어렵다고 여겨질 수 있습니다.

사람들은 신뢰를 중시하며

잦은 농담은 그 신뢰를 떨어뜨릴 수 있습니다.

농담은 간결하게,

진지한 태도는 꾸준히 유지하는 것이 중요합니다.

우리는 모두 가벼운 농담을 즐기지만

중요한 순간에는 진지한 태도가 필요합니다.

상대방에게 신뢰를 주는 것은
우리의 말과 행동에서 비롯됩니다.

진지한 태도를 유지하면서도
따뜻하고 부드러운 마음을 잃지 마세요.

중요한 일을 다룰 때는
신뢰를 얻기 위해 진지함을 보여주세요.
농담은 적당히 하고
진지한 순간에는 집중하는 것이
우리의 신뢰를 높이는 길입니다.

될 수 있다면 미리 예방 해보세요

될 수 있다면 미리 예방 해보세요

사람들이 모이는 곳에서는

악의적인 말과 비방이 흔히 발생합니다.

좋게 좋게 넘어가고

서로 덕담도 나누어주고

선행을 베풀면 좋겠다는 바람도 있습니다.

세상 살아가다 보면 이게 생각보다 쉽지 않음을

알게되는 게 어쩔 수 없는 현실입니다.

이럴 땐 어떻게 해야할까요?
간단합니다.

만약 나의 평판이나 이미지를 관리해야 하는 입장이라면
사전에 험담이 퍼지지 않게 예방하는 겁니다.

신뢰할 수 있는 사람들에게 먼저 소식을 전하고
필요한 경우 어떤 이에게는 직접적으로 소통하며
오해가 생기지 않도록 하는 게 중요합니다.

아주 당연하고 알고 있는 방법이지 않을까 싶은데요.
이 범주를 벗어난 비상식적인 언행을 하는 사람까지
신경쓰며 처세를 갖추기에는 우리에게 시간이 많지 않습니다.

행복하기에도 부족한 시간입니다.
사랑하는 사람과 좋은 시간 보내고
소중한 이들과 추억 쌓기에도 시간이 부족합니다.

무례하고 비상식적인 사람을 떠올리느라

감정 소모하지마세요.

그건 모두 상대가 원하는 대로

끌려갈 뿐입니다.

더 좋은 곳에 에너지를 쓰세요

일부 사람들은 모든 것을 심각하게 받아들이고,
작은 일도 큰 문제로 만듭니다.
피할 수 있는 일에 너무 많은 에너지를
쏟지 않는 게 중요합니다.
중요하지 않은 일을 마음에
새기지 않는 것이 현명합니다.

삶에서 마주하는 많은 일들은
사실 그렇게 중요하지 않을 때가 많습니다.

직장에서의 작은 실수나 일상 생활에서의
사소한 일들은 대부분 시간이 지나면 잊혀집니다.

이런 일들에 과도하게 에너지를 쏟기보다는
중요한 일에 집중하는 것이 필요합니다.

우리의 에너지는 한정되어 있으므로
진정으로 중요한 일에 집중하는 것이 현명합니다.
작은 일에 너무 신경 쓰지 말고
큰 그림을 보며 더 나은 결정을 내리는 것이 좋습니다.
중요한 것은 우리의 마음의 평화를 유지하고
긍정적인 태도로 삶을 살아가는 것입니다.

작은 일에 연연하지 않고
중요한 것에 집중하는 것이 현명합니다.
그렇게 하면 더 큰 성취와 만족을 얻을 수 있습니다.

좋은 사람을 만나세요

좋은 사람을 만나세요.

자신을 돋보이게 하는 동료와 함께하세요.

함께 있을 때 더 나은 자신이 되는 사람들과
시간을 보내세요.
이들은 당신의 성장을 도와주고
더 큰 성과를 이루도록 격려해 줄 것입니다.

자신의 신용을 희생하여 다른 사람에게
영광을 돌리는 일은 피해야 합니다.

당신의 노력과 성취를 인정받는 것은 중요합니다.
자신이 이룬 성과를 당당히 드러내고
이를 통해 더 큰 기회를 얻으세요.

따뜻한 마음을 가진 사람들과 함께하세요.
그들은 당신의 마음을 따뜻하게 해주고
힘든 순간에도 위로가 되어줄 것입니다.

서로의 성공을 진심으로 기뻐해 줄 수 있는
사람들과의 관계는 그 무엇과도 맞바꿀 수 없는
보석과도 같은 소중한 존재입니다.

함부로 간섭하지 말 것

사람들은 종종 길을 가다가
자신과 상관없는 다툼에 끼어들고자 합니다.

이러한 행동은 길가의 개의
귀를 잡는 자와 같습니다.

간섭은 때로 예기치 않은
문제를 야기할 수 있으므로
우리는 타인의 갈등에 섣불리
개입하지 않는 것이 현명합니다.

간섭이 필요한 순간과 그렇지 않은
순간을 구분하는 지혜가 필요하며,
자신의 행동이 가져올 결과를
신중히 고려해야 합니다.

미움

미워하는 사람이 넘어질 때 기뻐하지 말고,
그가 실패했을 때 즐거워하지 마세요.
미워하는 사람의 실패를 보고
기뻐하는 것은 자연스러운 감정일 수 있지만,
이는 결국 우리 자신의 영혼에 해를 끼칩니다.
대신에 용서와 이해의 태도를 취하면,
우리는 더 너그럽고 성숙한 사람이 될 수 있습니다.

미워하는 사람을 미워하지 않아야 하는 이유는 단순합니다.

미움은 우리 마음을 무겁게 하고
우리 자신을 고립시키는 감정입니다.
미움을 버리고 용서와 이해를 선택할 때
우리는 더 큰 평화와 행복을 찾을 수 있습니다.

물론 죽도록 원망하고 혐오하는 감정까지 있는데
억지로 용서하라는 말은 절대로 아닙니다.

누군가를 계속 생각하면 결국 그 사람을 닮아갑니다.
소중한 당신을 위해 원수 같은 사람을 늘 원망하며
인생을 채우기보다 더 나은 것들로 채워갔으면 하는 바람으로 건넵니다.

비밀을 지키는 것의 중요성

남의 비밀을 누설하는 사람은
신뢰할 수 없습니다.

그런 사람을 믿어서도 안되지만
내가 그런 사람이 되어서도 안됩니다.

비밀을 지키는 것은 신뢰의 토대이며,
우리가 관계에서 지켜야 합니다.

말은 입밖으로 나오는 순간

그 영향력을 발휘하게 됩니다.

"이건 비밀인데.."라고 말해도
말하는 순간 더 이상 비밀이 아니게 됩니다.

때로는 비밀을 들어도 모르는 척하고
알려고 하기보다 존중하는 게 나을 수도 있습니다.

자신의 깊은 비밀을 모두 털어놓을 필요 없습니다.
상대의 모든 비밀을 모두 알려고 할 필요도 없습니다.

만약 쉽게 입을 열어 남의 비밀을 누설하는 사람이
주변에 있다면 거리를 두는 것이 현명합니다.

당신이 없는 자리에서 어떤 뒷말을 할지
사람 일은 아무도 모릅니다.

침묵은 금이다

지혜로운 자는 입을 닫고
어리석은 자는 입을 열어 다툰다고
어느 현인은 말했습니다.

말은 우리의 생각과 감정을 표현하는 수단이지만
때로는 침묵이 더 큰 지혜를 나타냅니다.

적절한 때에 말을 아끼는 것은
우리의 말에 더욱 무게를 실어주고
상대방으로 하여금 우리의 의견을

더 심각하게 고려하게 만듭니다.

지혜로운 침묵은 때로는
많은 말보다 더 많은 것을 전달할 수 있습니다.

상대방이 모르게 마음을 읽는 방법

1. 자주 꼼지락거리거나 물건을 만지는 사람은 종종 불안하거나 긴장 상태에 놓여있다.

2. 미소가 진짜인지 확인하려면 눈가에 주름이 생기는지 살펴보라.

3. 대화 중에 몸을 앞으로 기울이는 사람은 보통 당신의 말에 관심을 가지고 몰입하고 있다는 증거다.

4. 누군가가 당신을 볼 때 동공이 확장된다면, 이는 관심

이나 매력의 신호이다.

5. 대화 중에 누군가의 발이 당신을 향하고 있다면, 당신에게 관심을 가지고 집중하고 있다는 증거다.

6. 팔짱을 끼고 있는 사람은 방어적이거나 자신을 보호하려는 심리 상태일 수 있다.

7. 얼굴을 자주 만지는 사람은 거짓말을 하고 있을 가능성이 있다. 이는 불안을 드러내는 무의식적인 신호일 수 있다.

8. 눈을 자주 깜빡이는 사람은 긴장하거나 불안한 상태일 수 있다. 과도한 눈 깜빡임은 스트레스의 신호가 될 수 있다.

9. 대화 중에 눈을 피하는 사람은 불편함을 느끼거나 진실을 숨기려는 의도가 있을 수 있다.

10. 손을 자주 사용하여 설명하는 사람은 자신감이 있으

며, 자신의 생각을 명확히 전달하려는 경향이 있다.

때로는 알고 있어도 모른 척하자

우리는 종종 모든 것을 공개하고
모든 것을 나눠야 한다는 압박을 느낍니다.
하지만 때로는 보유한 것, 알고 있는 것,
빌려줄 수 있는 것, 믿을 수 있는 것에 대해
신중을 기하는 것이 중요합니다.

모든 것을 드러내지 않고,
모든 것을 말하지 않으며,
모든 것을 빌려주지 않고,
들은 모든 것을 믿지 않는 것이 현명합니다.

이러한 절제는 우리를 보호하는 방벽이 될 수 있습니다.
우리가 갖고 있는 것을 함부로 드러내지 않을 때,
우리는 더욱 조심스럽게 자원을 관리하고 보호할 수 있습니다.
알고 있는 것을 모두 말하지 않을 때,
우리는 지혜를 발휘하여 상황을 판단하고
정보를 전략적으로 사용할 수 있습니다.

모든 것을 빌려주지 않을 때,
우리는 자신의 한계를 인정하고 자신을 지킬 수 있습니다.
모든 것을 믿지 않을 때,
우리는 신중하게 정보를 검증하고,
진실과 거짓을 구별할 수 있는 능력을 키울 수 있습니다.

2 장

사랑

연인을 사랑받는 여자로 만들어주는 화법

사랑받는 여자로 만들어주는 연인의 특징은
세심한 관찰력과 진심 어린 소통에서 나옵니다.
단순한 칭찬보다는 구체적이고 세세한 표현을 통해
상대방에게 깊은 사랑을 느끼게 합니다.

1. 구체적으로 표현해주세요.

형식적인 "예쁘다"나 "사랑해"라는 말보다 구체적으로
상황에 맞게 칭찬합니다.

상대에게 진정성 있게 다가갈 수 있는 방법입니다.

예시: "오늘따라 묶은 머리가 특히 예뻐 보여!"

2. 세심하게 알아봐주세요.

작은 변화도 놓치지 않고 알아차리는 것은
평소 상대방을 세심하게 관찰하고 있다는 증거입니다.
이는 연인에게 큰 감동을 줄 수 있습니다.

예시: "앞머리 잘랐네? 정말 잘 어울려!"

3, 상세하게 연락해준다.

떨어져 있는 동안에도 무엇을 하고 있는지
세세하게 알려줌으로써 상대의 불안감을 해소합니다.
이는 연인간의 믿음을 쌓는 데 중요합니다.

예시: "지금 집 앞 카페에서 친구랑 이야기 나누고 있어!"

4. 깊이 있는 대화를 나눈다.

연인의 말을 귀 기울여 듣고, 그 순간에 집중하여 대화하는 것은 매우 중요합니다.
또한, 갈등 상황에서도 차분하게 대화로 해결하려는 태도를 보입니다.

예시: "~한 행동이 너를 속상하게 한 것 같아 정말 미안해. 어떻게 하면 좋을지 함께 이야기해보자."

사랑이란

사랑은 서로 주고받는 거래가 아니라,
마음을 다해 주어도 아깝지 않은 헌신입니다.

사랑은 다른 점을 고치려 하는 것이 아니라,
서로의 다름을 이해하고 조화를 이루는 과정입니다.

사랑은 시간이 지날수록 식어가는 것이 아니라,
오히려 더 깊어지고 애틋해지는 감정입니다.

사랑은 자존심을 내세우는 것이 아니라,

상대방의 자존감을 존중하고 높여주는 것입니다.

사랑은 잠시의 달콤함이 아니라,
함께 있을 때의 편안함과 안정감을 주는 것입니다.

사랑은 헤어짐에 대한 불안이 아니라,
함께할 미래를 그려나가는 희망입니다.

사랑은 각자 걸어가는 것이 아니라,
함께 같은 길을 나란히 걷는 것입니다.

사랑은 같은 하늘 아래서 손을 맞잡고,
같은 꿈을 향해 나아가는 것입니다.

사랑은 서로의 다름을 받아들이며,
그 다름 속에서 조화를 찾는 것입니다.

사랑은 서로의 약점을 이해하고,
그 약점을 보완해가는 과정입니다.

사랑은 서로의 행복을 위해
자신의 이익을 기꺼이 포기하는 것입니다.

사랑은 상대방의 감정을 먼저 생각하며,
그들의 자존감을 높이는 행동입니다.

사랑은 서로의 변화를 세심하게 알아차리고,
그 변화를 기쁘게 받아들이는 것입니다.

사랑은 잠깐의 기쁨이 아니라,
지속적인 안정감과 편안함을 주는 것입니다.

사랑은 서로의 부족함을 감싸안고,
함께 성장해가는 긴 여정입니다.

사랑은 서로의 존재를 소중히 여기며,
그 소중함을 일상 속에서 느끼는 것입니다.

사랑은 서로의 꿈을 응원하고,
그 꿈을 함께 이루기 위해 노력하는 것입니다.

사랑은 서로의 기쁨과 슬픔을 함께 나누며,
그 나눔 속에서 더 깊어지는 감정입니다.

사랑은 서로의 손을 놓지 않고,
어떤 어려움도 함께 극복해나가는 것입니다.

사랑은 서로의 미소를 지켜주기 위해,
작은 노력도 아끼지 않는 것입니다.

사랑은 그 자체로 완벽하지 않지만,
서로의 불완전함을 감싸안고 더욱 아름답게 만들어가는 과정입니다.

사랑은 우리의 삶을 더욱 풍요롭게 만들어줍니다.

진실된 사랑은 그 안에서 우리는 진정한 사랑의 의미를 깨닫고,
더욱 깊은 관계를 맺어갈 수 있습니다.

연애할 때 꼭 알아야 할 조언

당신을 소중히 여기는 사람을 만나세요.
당신과 함께 있을 때 자신감을 불어넣어주고
항상 당신을 존중해주는 사람과 함께 하세요.
그런 사람이 최고의 연인입니다.

진정한 사랑은 반드시 연락이 옵니다.
정말 사랑하는 사람은 어떤 상황에서도 연락을 주저하지 않습니다.
손가락이 부러져도 연락할 방법을 찾을 것입니다.

장점을 보고 시작하되, 단점 때문에 물러서지 마세요.
처음에는 장점에 끌려 가까워지지만,
단점을 발견했다고 해서 쉽게 포기하지 마세요.
모든 사람은 완벽하지 않습니다.

진정한 사랑은 혼란을 주지 않습니다.
당신을 진심으로 사랑하는 사람은
절대 당신을 혼란스럽게 하지 않습니다.
그의 행동이 명확한 사랑의 증거가 됩니다.

금지된 행동만 피하더라도 연애는 오래갑니다.
상대방이 싫어하는 행동을 피하는 것만으로도
연애는 더 오래 지속될 수 있습니다.

문제를 쌓아두지 말고 대화하세요.
상대방은 당신의 마음을 읽을 수 없습니다.
당신의 생각과 감정을 솔직하게 표현하세요.

같은 실수를 반복하는 사람을 만나지 마세요.
처음의 실수는 이해할 수 있지만,

반복되는 실수는 고의입니다.
충분한 대화와 시간을 가졌음에도 고쳐지지 않는다면
그런 사람과는 인연을 이어가지 마세요.

한 번 떠난 사람은 다시 잡지 마세요.
한 번 당신을 떠난 사람은
언제든 다시 떠날 수 있습니다.
자신의 가치를 잃지 마세요.

자신을 잃어가면서까지 상대에게 맞추지 마세요.
희생은 사랑이 아닙니다.
당신의 정체성을 지키세요.

아쉬운 사람이 먼저 연락합니다.
연락이 뜸한 사람에게 매달리지 마세요.

당신을 정말 좋아하는 사람을 만나세요.
다른 이유는 필요 없습니다.
그냥 당신을 좋아서 견딜 수 없는 사람과 함께 하세요.

너무 아픈 사랑은 진정한 사랑이 아닙니다.
그런 사랑은 악연일 뿐입니다.
건강한 사랑을 찾아야 합니다.

말이 아니라 행동을 믿으세요.
말은 거짓일 수 있지만,
행동은 진실을 반영합니다.

합리화하지 마세요.
그 사람의 행동이 당신에게
보여주는 진실이고 결과입니다.
당신의 가치를 낮추지 마세요.

오지 않는 연락을 기다리지 마세요.
연락이 없다는 것은 마음이 없다는 것입니다.
마음을 낭비하지 마세요.

당신을 자꾸 기다리게 하는 사람은 만나지 마세요.
기다림은 당신을 지치게 만듭니다.
자신을 더 소중히 여기는 사람을 만나세요.

예의 없는 이별은 반드시 대가를 치릅니다.
상처받았다면 언젠가 그 사람은 그 행동으로 인해
대가를 치르게 됩니다.

당신을 진심으로 존중해주는 사람을 만나세요.
말투와 행동에서 당신을 존중하는 느낌이
드는 사람과 함께 하세요.
끝난 인연에 미련을 두지 마세요.
미련을 갖지 말고,
당당하게 앞으로 나아가세요.
자신을 가장 사랑하세요.

상처주는 사람과는 과감히 끝내세요

상처를 주는 사람과는 과감하게 관계를 끝내세요.
당신은 사랑받기 위해 태어난 소중한 존재입니다.
그런 당신이 왜 스스로를 아프게 하는 사람과의
관계를 지속하려 하는지 생각해 보세요.

당신이 그 관계를 끝내지 못하는 이유를 이해합니다.
마음이 여리고, 혼자 남는 것이 두려워서
쉽게 결정을 내리지 못하고 있는 것이죠.
하지만 중요한 것은 누가 당신 곁에 있느냐입니다.

상처를 주는 사람은 차라리 없는 편이 낫습니다.
외로움은 일시적일 수 있지만
상처는 지속적인 고통을 남깁니다.

"그 사람이 언젠가 바뀌겠지“
"다시 처음처럼 돌아오겠지“
"내가 더 잘하면 될 거야"

이런 생각으로 자신을 위로하지 마세요.

상처를 주는 사람은 쉽게 변하지 않습니다.
그 사람과의 관계를 계속 이어가면
결국 당신이 받을 고통만 늘어날 뿐입니다.

혼자가 되는 게 두렵고
무서운 건 이해합니다.
하지만 지금의 관계를 지속하는 것이
더 큰 상처를 남길 것입니다.

이제는 그 사람과의 관계를 정리하고

자신을 더 소중히 여길 때입니다.

자신을 사랑하고 아끼세요.
상처를 주는 사람과의 관계를 끝내는 것이
자신을 사랑하는 첫 걸음입니다.
혼자가 되는 것이 두렵다면
그 두려움을 극복하고 더 나은 미래를 향해 나아가세요.
당신은 상처받지 않을 자격이 있습니다.

당신의 행복과 평화를 위해
지금의 관계를 과감히 정리하고 자신을 더 아껴주세요.
스스로를 소중히 여기고
당신에게 진정한 행복을 줄 수 있는 사람을 만날 수 있도록 준비하세요.
결국 당신은 더 나은 삶을 살 자격이 있습니다.

헤어졌다면 이 글을 꼭 외우세요

우선, 충분히 울어요. 사랑했던 만큼 슬퍼하는 것은 자연스러운 과정입니다. 이별의 슬픔은 그 사랑의 깊이만큼 아프기 마련입니다. 심리학자들은 이별 후 감정을 억누르지 말고 충분히 표현하는 것이 중요하다고 말합니다. 감정을 억누르면 오히려 더 큰 고통으로 돌아올 수 있습니다. 충분히 울며 슬픔을 해소하는 것은 감정적인 건강을 유지하는 데 필수적입니다.

슬픔을 억누르지 마세요. 슬픔을 참으면 미련이 되어 마음속에 자리잡습니다. 그 고통은 계속해서 당신을 괴

롭힐 것입니다. 차라리 마음껏 슬퍼하고, 아프고, 울어보세요. 이는 치유의 중요한 단계입니다. 심리학자들은 슬픔을 표현하는 것이 정신 건강에 도움이 된다고 조언합니다. 감정을 표현함으로써 마음의 짐을 덜 수 있습니다.

시간이 무조적인 약은 아닙니다. 시간이 모든 것을 해결해주지는 않습니다. 다만, 충분히 아파한 뒤 시간이 흐르면 당신은 이별을 극복할 만큼 성숙해질 것입니다. 이 과정에서 자기 자신을 돌보는 것이 중요합니다. 심리학자들은 자기 돌봄이 이별 후 회복의 핵심이라고 강조합니다. 건강한 식습관, 규칙적인 운동, 충분한 수면은 필수적입니다

새로운 만남은 생각보다 쉽게 옵니다. 헤어지면 다른 사람을 만나기 어려울 것 같지만, 생각보다 잘 만날 수 있습니다. 이별 후에 자신을 가꾸는 데 집중하세요. 술이나 방황으로 시간을 낭비하지 마세요. 그 사람이 후회할 만큼 자신을 성장시키는 것이 중요합니다. 자기 계발과 자기 돌봄은 이별 후 회복에 큰 도움이 됩니다.

헛된 기대는 휴지통에 버리세요. 떠난 사람이 돌아올 것이라는 기대는 당신을 더욱 괴롭힙니다. 현실을 직시하고, 새로운 시작을 준비하세요. 심리학자들은 헛된 기대를 버리고 현실을 받아들이는 것이 치유에 도움이 된다고 말합니다. 현실을 받아들이고, 미래를 향해 나아가야 합니다.

너무 아픈 사랑은 사랑이 아닙니다. 지나치게 고통스러운 사랑은 건강하지 않습니다. 당신을 진정으로 행복하게 해줄 수 있는 사랑을 찾으세요. 건강한 관계는 상호 존중과 배려가 바탕이 되어야 합니다. 지나치게 아픈 사랑은 오히려 악영향을 미칠 수 있습니다.

누군가를 완전히 잊는 것은 원래 어려운 법입니다. 완전히 잊는 것은 불가능에 가깝습니다. 그러나 시간이 지나면 그 기억은 점차 무뎌질 것입니다. 심리학자들은 시간이 지나면서 감정이 무뎌지는 것은 자연스러운 과정이라고 설명합니다. 이를 받아들이고, 새로운 추억을 만들어가세요.

자신을 돌보는 것은 이별 후 회복의 핵심입니다. 건강한 식습관을 유지하고, 규칙적으로 운동하며, 충분한 수면을 취하는 것이 중요합니다. 요가나 명상 같은 활동은 마음의 평화를 찾는 데 도움이 됩니다. 운동은 특히 우울증과 슬픔을 완화하는 데 효과적입니다.

사회적 지지 친구나 가족과 시간을 보내며 감정을 나누는 것도 중요합니다. 이들은 당신에게 큰 힘이 되어줄 것입니다. 가까운 사람들과의 소통은 고립감을 줄여주고, 정서적 안정을 찾는 데 도움을 줍니다. 함께 웃고 울 수 있는 사람들이 있다는 사실을 잊지 마세요.

취미 활동 새로운 취미를 찾거나 기존의 취미에 몰두해 보세요. 이는 당신의 마음을 진정시키고, 새로운 에너지를 불어넣어줄 것입니다. 예술, 음악, 스포츠 등 다양한 활동을 통해 자신을 표현하고, 새로운 사람들을 만날 기회를 얻을 수 있습니다. 이러한 활동들은 당신의 일상을 풍요롭게 만들고, 이별의 아픔을 잊는 데 도움을 줄 것입니다.

남/여 각자가 무조건 알아야 할 사실들...

여자가 알아야 할 사실

남자가 당신을 진심으로 사랑한다면, 그의 행동은 다음과 같을 겁니다.

1. 불안하게 하지 않는다

2. 진심으로 사랑하는 남자는 당신을 불안하게 만들지 않습니다.

3. 그의 행동과 말은 항상 일관되며 신뢰를 줄 수 있습니다.

4. 믿음직스럽게 행동합니다.

5. 그는 책임감을 가지고 당신과의 약속을 지킵니다.

6. 어려운 상황에서도 믿을 수 있는 모습을 보여줍니다.

7. 싫어하는 것은 하지 않으려고 노력합니다.

8. 당신이 싫어하는 행동을 피하려고 노력합니다. 당신의 기분과 감정을 존중하고 상처 주지 않으려 합니다.

9. 귀찮아하지 않습니다.

10. 어떤 상황에서도 당신을 떠나지 않는다.

남자가 알아야 할 사실

여자가 당신을 진심으로 사랑한다면, 그녀의 행동은 다음과 같을 겁니다.

1, 잔소리를 한다 : 그녀가 잔소리를 한다면, 이는 당신에 대한 관심과 애정이 크기 때문입니다. 그녀는 당신이 더 나은 사람이 되길 바라는 마음에서 잔소리를 합니다.

2. 어리광을 피운다 : 그녀가 어리광을 부린다면, 이는

당신을 믿고 의지하기 때문입니다. 그녀는 당신과 함께 있을 때 자신을 더 솔직하게 표현합니다.

3. 사소한 관심과 한결같은 마음을 원한다 : 그녀는 작은 관심과 꾸준한 애정을 원합니다. 작은 행동 하나에도 그녀는 큰 행복을 느낄 수 있습니다.

4. 어떤 상황에서도 편들어주길 바란다 : 그녀는 힘든 상황에서도 당신이 자신의 편이 되어주길 바랍니다. 그녀는 당신의 지지와 이해를 원합니다.

이별한 당신에게

이별 후의 어려운 시간을 겪고 있다면,
먼저 감정을 가라앉힐 시간을 가지세요.
울고, 푸념하고, 좋아하는 드라마, 영화를 몰아보거나
위안이 되는 음식을 먹는 건 괜찮습니다.

이런 감정적 탐닉의 초기 기간은 당신에게 필요한 일입니다.
심리학자 칼리스토 애덤스 박사는 말했습니다.
"이별에서 벗어나는 것에 대해 흔히 오해하는 것이 있습니다. 감정을 묻으면 된다는 것입니다. 효과가 없을 뿐만 아니라 고통을 심화시킵니다."

마치 풍선에 계속 바람을 넣다 보면
한계점에 도달합니다.
더 이상 압력을 견디지 못하면 결국 터져버립니다.

전 애인과의 모든 접촉을 끝내는 것만큼
함께 지낸 시간을 상기시켜주는 기념품과
물리적 물품을 없애는 것도 중요합니다.

이런 물건들을 치우는 행위는 새로운 시작을 상징하고
당신에게 환경과 감정 상태를 통제할 수 있는 힘을 줍니다.

헤어진 후의 시간은 새로운 시작의 기회입니다.
지금은 아프고 힘들지만, 이 또한 지나갈 것입니다.
새로운 경험과 도전을 통해 자신을 재발견하세요.
이별은 끝이 아니라 새로운 출발입니다.
당신은 강하고, 그 어떤 어려움도 이겨낼 수 있는 힘을 지니고 있습니다.

스스로를 믿고 앞으로 나아가세요.

당신은 소중한 사람이며
더 나은 미래가 기다리고 있습니다.
슬픔이 지나가면 당신의 마음은 더 강해질 것입니다.
지금의 아픔은 당신을 더 단단하게 만들고
새로운 사랑을 만날 준비를 할 것입니다.

잊지 마세요. 당신은 혼자가 아닙니다.
주변에는 당신을 응원하는 사람들이 있고
그들과 함께라면 어떤 어려움도 극복할 수 있습니다.

때로는 혼자라고 느낄지 모르지만
당신의 용기와 끈기는 분명 다른 이들에게도 큰 힘이 될 것입니다.

끝까지 버티고 노력하면 당신 앞에는 반드시 밝은 날이 기다리고 있을 것입니다.
힘들 때마다 이 글을 떠올리며, 당신 자신을 믿고 끝까지 나아가세요.

당신의 노력과 의지는 반드시 결실을 맺을 것입니다.

좋은 날은 반드시 옵니다. 항상 당신을 응원합니다.

소중함을 잊지마세요

누군가가 당신을 진심으로 좋아하고 사랑할 때
그 소중함을 잊지 않았으면 해요.

그 사랑을 당연하게 여기지 않고
그 마음에 감사할 줄 아는 것이 중요합니다.

사랑을 주는 일은 쉬운 일이 아니에요.
그만큼 당신을 좋아하기 때문에 모든 걸 감수하고
아낌없이 사랑해주는 것이랍니다.

사랑을 더 많이 주는 쪽이 때로는 더 힘들 수 있어요.
그 모든 고통을 감내하면서도 당신에게
사랑을 퍼주는 그 사람에게 고마움을 표현해주세요.
지금 그 사랑을 소중히 여기지 않으면
나중에 그 사랑이 사라지고 난 후에 후회하게 될지도 몰라요.

사랑은 받기만 하는 것이 아니라
주는 것도 중요하답니다.

당신을 이해하고, 마음에 들지 않는 부분도
참아가며 사랑을 주는 사람에게 감사하고 보답하세요.
그런 사람은 쉽게 찾아오지 않아요.
지금 당신을 진심으로 사랑해주는
그 사람이 가장 소중한 사람임을 잊지 마세요.

사람은 지치면 포기하고 싶어지기 마련이에요.
사랑을 받기만 하다 보면
언젠가 상대방은 지칠 수 있어요.

그러기 전에, 상대방에게 진심으로 잘해주고
사랑을 표현하세요.
자주 사랑한다고 말해주고
그 사람의 노력을 인정하고 감사하는 마음을 전하세요.

연애는 서로 맞춰가는 것이에요.
한쪽만의 일방적인 사랑은 오래가지 못해요.
그러니, 지금 사랑을 받고 있다면
그 소중함을 알고, 그 사랑에 감사하세요.

상대방의 마음을 소중히 여기고
당신도 그 사랑을 표현하세요.
서로 주고받는 사랑을 통해
두 사람의 관계는 더욱 깊어질 거예요.

당신의 사랑이 언제나 행복하고
서로를 더욱 아껴주는 관계가 되기를 바랍니다.
가슴 깊이 진심을 전하고, 그 사랑을 지켜나가세요.

사랑의 편지

사랑하는 당신에게
우리의 사랑이 오래도록 행복하게
이어지길 바라는 마음으로
몇 가지 말을 전하고 싶어요.

서로 서운하거나 속상한 일이 생기면
숨기지 말고 솔직하게 이야기해요.
많은 대화가 우리 관계를
더 깊고 단단하게 만들 거예요.
당신의 마음을 알아야 더 이해하고 사랑할 수 있습니다.

우리 사이에 맞지 않는 부분이 생길 때
짜증내거나 답답해하지 말아요.
우리는 서로 다른 두 사람이니까 다를 수밖에 없어요.
그 차이를 이해하고 맞춰가는 과정이
우리를 더 성숙하게 만들 거예요.

사랑이 시작되었을 때의 마음을 잃지 말아요.
변하지 않는 사랑이 가장 아름답고 소중하니까요.
당신의 사랑을 표현하는 걸 아끼지 말아요.
쑥스러워도, 부끄러워도
표현해야 상대방이 알 수 있어요.
표현이 많을수록 우리 사랑은 더 깊어질 거예요.

추억을 많이 쌓아가요.
매번 같은 데이트 대신 새로운 곳으로 여행도 가보고
함께 새로운 경험을 해봐요.
그런 추억들이 우리 사이를 더욱 돈독하게 만들어줄 거예요.

데이트가 끝난 후에는 집까지 바래다주는
작은 배려를 잊지 말아요.
조금이라도 더 함께 있고 싶은
당신의 마음을 소중하게 생각할게요.
기념일은 특별한 날이니까 꼭 챙기도록 해요.
작은 정성으로 상대방을 행복하게 할 수 있으니까요.

세상이 등 돌려도 당신만은 내 편이 되어줘요.
상황을 분석하거나 잘잘못을 따지기보다는
그냥 내 편이 되어주고 공감해줘요.
그게 가장 큰 위로가 될 거예요.
다른 이성에게는 눈길조차 주지 않기로 해요.
우리 둘만의 특별한 사랑을 지키기 위해서요.

싸움이 생기면 빨리 화해해요.
괜한 자존심 부리지 말고 먼저 사과하고
상대방이 사과하면 기꺼이 받아줘요.
우리가 선택한 인연이고 우리가 책임질 사랑이니까요.

당신을 늘 행복하게 만들어주고 싶어요.

우리의 사랑이 끝까지 변치 않길 바라며

언제나 서로를 아끼고 존중하는 우리가 되길 바랍니다.

당신을 사랑해요.

늘 당신 곁에 있는 ________

남자가 여자를 진심으로 좋아할 때 보이는 행동

사랑하는 여자가 생기면 남자는
그 마음을 숨기지 않고 자랑하고 싶어합니다.

남자가 여자를 진심으로 좋아하면
그 감정을 주변에 알리고 싶어합니다.
친구를 만나거나 모임에 갈 때도
항상 연인을 데리고 다니고 싶어하고,
여자친구의 사진을 보여주며 칭찬을 아끼지 않습니다.
"내 여자친구 정말 예쁘지?", "너무 귀엽지 않니?"라며
자랑하고 싶은 마음을 숨길 수 없죠.

SNS에는 여자친구의 사진으로 가득 채우고,
어떻게든 자신의 연인이라는 것을 세상에 알리고 싶어 합니다.

그 남자는 여자친구가 자신의 자랑거리라고 생각합니다.
다른 여자들에게는 눈길조차 주지 않고
오로지 여자친구에게만 집중합니다.

이런 모습을 통해 남자가 여자를 얼마나 사랑하는지
그 관계에 얼마나 진심인지를 쉽게 알 수 있습니다.

남자는 사랑 앞에서는 참 단순합니다.
좋아하는 감정을 숨기지 않고 표현하며
관심이 있으면 어떻게든 연락을 합니다.

반면에 관심이 없으면 모든 것이 귀찮아지죠.
어렵게 생각할 필요 없습니다.
행동만 보면 남자의 마음이 그대로 드러나니까요.

남자가 당신을 자랑스러워하고

주변에 자랑하고 싶어하는 모습을 본다면

그가 얼마나 진심으로 당신을 사랑하는지

알 수 있을 거예요.

그 사랑을 느끼며 더 행복해지길 바랍니다.

우리 이제 진짜 좋은 사람 만나자

아침에 눈을 뜨자마자 내 생각을 하고
하루 종일 나를 우선순위에 두는 사람을 만나야 해요.

연락 문제로 나를 애태우지 않고
항상 나를 생각하며 작은 선물로 감동을 주는 그런 사람 말이에요.
"꽃을 사왔어, 네 생각이 나서."
이런 말 한마디로 마음을 따뜻하게 해주는 사람을 만나요.

바쁜 와중에도 잠깐이라도 얼굴을 보러 와주는 사람
그 사람과 함께라면 다툼이 있어도 금방 화해할 수 있을 거예요.
진심 어린 사과를 먼저 할 줄 알고
그 마음이 시간이 지나도 변치 않는
그런 사람이 필요해요.

우리가 원하는 사람은 언제나 내 곁에 있으면서
나를 외롭게 하지 않는 사람이에요.
그동안 받은 상처들이 많았잖아요.
이제는 우리 마음을 따뜻하게 감싸줄 수 있는
정말 좋은 사람을 만나야 해요.

그 사람이 바로 우리의 하루를
더 행복하게 만들어줄 거예요.

"오늘 하루 어땠어?"라며 진심으로
내 이야기를 들어주는 사람

무슨 일이 있어도 함께 하겠다고

약속하는 그런 사람을 찾는 거죠.
우리의 인생에 진정한 동반자가
되어줄 사람을 말이에요.

좋은 사람과 함께하는 것은
우리의 삶을 더 빛나게 만들어요.
이제는 우리에게 정말 소중한 사람을 찾아
그와 함께 행복한 날들을 만들어가요.

세상의 모든 좋은 사람 중
한 사람이 곁에 올 때까지
서로에게 힘이 되어주는 멋진 사람이 되기로 해요.
우리 이젠 진짜 좋은 사람을 만나서, 마음 깊이 행복한
사랑을 나누자.

네가 제일 큰 행복이야

사랑하는 [ ]에게

처음 너를 만났을 때, 사랑받는다는 것이
얼마나 큰 행복인지 알게 되었어.

너와 함께하는 매 순간이 나에게는 큰 기쁨이야.
정말 고마워.
내가 서툴러서 마음을 잘 표현하지 못했 지만
너를 향한 내 사랑은 네가 생각하는 것보다 훨씬 깊어.

이제 너 없는 하루는 상상조차 하기 싫어.
그러니 우리 꼭 오래오래 함께하자.

봄이 오면 만발한 꽃들 사이로
너와 손잡고 거닐고 싶어.
여름이 오면 시원한 바다에서
너와 함께 파도를 즐기고 싶어.
가을이 오면 단풍이 물든 길을 너와 함께 걸으며
서로의 온기를 느끼고 싶어.
겨울이 오면 따뜻한 크리스마스를 너와 함께 보내며
소중한 추억을 쌓고 싶어.

우리의 사랑은 봄처럼 따뜻하고, 여름처럼 뜨겁고,
가을처럼 풍요롭고, 겨울처럼 아름답게,
사계절 내내 변함없기를 바라.

올해에도, 그리고 그 이후에도 나에게는 너 하나뿐이야.
너는 나의 모든 것이고, 나의 전부야.
함께 하는 시간이 얼마나 소중한지 너도 알지?
우리의 모든 순간이 특별하고 값지게 느껴져.

사랑하는 [   ] 우리의 미래를 함께 그리며

지금 이 순간을 소중히 여기며, 우리 함께 걸어가자.

고마워, 사랑해, 오래오래 우리 함께하자.

항상 너의 곁에서, [   ]

연애할 때 꼭 놓치지 말아야 할 5가지 남자 유형

1. 자존감을 높여주는 남자

"네가 세상에서 제일 예뻐"라고 말하며, 함께 있을 때 가장 행복하다고 느끼게 해주는 남자. 나의 존재감을 일깨워주고 내가 소중한 사람임을 느끼게 해주는 남자는 시간이 지날수록 더 큰 행복을 선사합니다.

2. 안정감을 주는 남자

과도하게 집착하지 않으면서도, 자신의 인생을 열심히 살아가는 남자. 만날 때는 최선을 다하고, 각자의 삶을 존중하는 남자는 큰 안정감을 줍니다. 삶의 균형을 잘 맞추는 사람과 함께라면 연애가 더욱 편안하고 행복할 것입니다.

3. 갈등을 현명하게 대처하는 남자

"결국 너 때문이잖아"라며 책임을 전가하기보다는, "이 부분은 내가 잘못했어. 미안해"라고 말할 줄 아는 남자. 연애 중에는 갈등이 생길 수 있지만, 문제를 해결하기 위해 노력하고 자신의 감정을 잘 다스리는 사람과 함께라면 더 성숙한 관계를 만들어갈 수 있습니다.

4. 열등감이 없는 남자

다른 사람과 비교하지 않고, 언제나 자신만의 단단한 연애를 할 준비가 되어있는 남자. 겉모습이 화려하지 않더라도 내면이 단단하고 자존감이 높은 남자가 진정한 매력을 가집니다. 열등감이 큰 남자는 결국 그 내면이 텅 빈 경우가 많으므로, 스스로에 대한 확신이 있는 남자를 선택하세요.

5. 능동적으로 사랑을 표현하는 남자

사랑을 기다리는 것이 아니라 먼저 적극적으로 표현하는

남자. 사랑 앞에서 부끄러움을 벗어던질 용기를 가진 남자는 드물지만, 이런 사람과 함께라면 더 깊고 진실된 사랑을 경험할 수 있습니다.

이런 사람을 만날 수 있다면, 이미 만났다면 축복입니다. 이런 특별한 사람을 만나게 된다면, 당신은 정말 큰 축복을 받은 것입니다. 이미 이런 남자를 곁에 두고 있다면, 그 소중함을 마음껏 느끼고 감사하세요. 진정한 사랑은 서로를 성장시키고, 함께하는 순간마다 삶을 더욱 아름답게 만듭니다.

당신의 곁에 있는 그 사람이 당신을 얼마나 소중하게 여기는지, 그리고 당신 또한 그에게 얼마나 큰 기쁨을 주는지 항상 기억하세요. 두 사람이 함께 만들어가는 사랑의 이야기는 세상에서 가장 달콤하고 특별한 선물이 될 것입니다. 이 행복한 순간들을 마음껏 누리고, 서로에게 힘이 되어주는 멋진 연애를 이어가길 바랍니다.

연애에서 남자와 여자의 차이점

연애 중에는 남자와 여자가 감정을 표현하고
이해하는 방식에서 큰 차이를 보입니다.
여자는 상대방의 감정을 직관적으로 파악하는 반면
남자는 직접적인 언어적 표현을 통해서만 이해합니다.
여자는 다툼 후 관계가 끝날까 걱정하지만
남자는 자신이 속 좁아 보일까봐 두려워합니다.

여자는 끈기 있게 기다리다 직접 행동에 나서지만
남자는 방황 끝에 안정을 찾습니다.
여자는 사소한 일에도 호기심을 가지지만

남자는 중요한 일에만 집중합니다.

여자의 깊은 사랑은 쉽게 무관심으로 변할 수 있고
남자의 깊은 사랑은 종종 구속으로 느껴질 수 있습니다.
여자는 자신을 위해 노력하는 남자의 행동에 감동받고
남자는 자신을 위해 희생하는 여자를 존경합니다

여자는 용서할 수 없다고 말해도 결국 마음을 열지만
남자는 용서한다고 해도 쉽게 잊지 못합니다.
여자는 칭찬을 받으면 성숙해지지만
남자는 칭찬을 받으면 아이처럼 기뻐합니다.

여자는 사랑한다고 말해도 불안해하고
남자는 작은 신호에도 큰 의미를 부여합니다.
여자는 행복한 일이 있을 때 친구를 찾고
남자는 힘든 일이 있을 때 친구를 찾습니다.
이렇게 남자와 여자는 다르지만
서로를 존중하면 더 나은 관계를 만들 수 있습니다.

좋은 사람을 만나면 자신의 가치를 더욱 높일 수 있습니다.
서로를 이해하고 배려하는 연애를 통해 함께 성장해 나가길 바랍니다.

부부 관계 개선을 위한 조언

어떤 사람은 재정적으로 안정되었지만
부부 사이가 좋지 않을 수 있고
또 어떤 사람은 서로를 진심으로 사랑하지만
경제적으로 어려움을 겪을 수도 있습니다.

그러나 부부 사이가 좋다면 어려움 속에서도
함께 극복할 수 있는 힘을 얻게 됩니다.
사이가 좋은 부부는 서로에게 좋은 영향을 미쳐
더 나은 미래를 함께 만들어 갈 가능성이 높습니다.

서로를 존중하고 이해하는 것이 가장 중요합니다.
작은 감사의 표현은 큰 힘을 가집니다.
매일 "고마워요", "사랑해요"라는 말을 건네보세요.
이러한 작은 표현들이 쌓여서 부부 사이를 더욱 단단하게 만들어줍니다.

또한, 서로의 이야기를 귀 기울여 듣는 것이 중요합니다.
상대방의 감정과 생각을 이해하려고
노력하는 것이 부부 사이를 더욱 가깝게 만들어줍니다.
대화는 문제를 해결하는 열쇠이자,
서로의 마음을 열어주는 중요한 방법입니다.

때로는 힘든 시기도 있을 것입니다.
하지만 이 시기에도 서로를 지지하고 격려하는 것이 필요합니다.
함께 웃고, 함께 울고, 함께 걸어가는 길에서
우리는 진정한 의미의 동반자가 됩니다.

중요한 것은 서로를 이해하고 존중하는 마음입니다.

사랑하는 사람과 함께라면 어떤 어려움도 극복할 수 있습니다.
사이가 좋을 때, 우리는 더 큰 꿈을 꾸고
그 꿈을 이루기 위해 함께 노력할 수 있습니다.
이러한 과정에서 경제적인 안정도 자연스럽게 따라올 것입니다.

마지막으로 서로를 위해 시간을 내어주세요.
함께하는 시간을 통해 우리는 더욱 가까워지고
서로의 소중함을 다시 한 번 느낄 수 있습니다.
부부가 함께 하는 모든 순간이 쌓여서
행복한 추억이 되고
이러한 추억들이 우리의 삶을 더욱 풍요롭게 만듭니다.

서로에게 따뜻한 말 한마디와
작은 배려를 아끼지 않는다면
우리의 관계는 더 아름답고 단단해질 것입니다.
사랑하는 사람과 함께하는 이 길이
언제나 행복으로 가득하기를 바랍니다.
결혼하면 평생 아껴주고 사랑해주겠다고

금슬 좋은 부부의 특징

약속했어도 실제로 같이 살아보면
이상과 현실이 다른 경우가 종종 있습니다.

김창옥 교수님 말로는 부부 관계에서 남편에게서
아내가 사랑 받는다고 느끼는 경우는 10%에 불과하다고 합니다.
그 중에서도 남편이 아내를 진심으로
사랑한다고 말하는 이들은 더 줄어들었습니다.

평생 사랑하는 것이 어렵기만 한 걸까요?

“말로는 쉽지..”라고 내뱉을 수밖에 없는
유니콘과도 같은 존재이며 환상의 나라인 걸까요?

소수의 부부들의 공통점을 보면
서로를 불러주는 애칭이 달랐다고 합니다.
"여보", "자기야", "오빠" 같은 호칭은 일상에서
애정을 표현하는 중요한 역할을 합니다.

특히 관계가 아주 좋은 부부들은
서로를 부를 때 특별한 애칭을 사용합니다.
이런 작은 호칭이 부부 관계를 더욱 단단하게 하고
일상 속에서 특별함을 느끼게 만듭니다.

부부 관계를 개선하기 위해서는
작은 변화가 큰 차이를 만들 수 있습니다.
남편을 부를 때 더 애정 어린 호칭을 사용해 보세요.
예를 들어, "여보, 오늘 하루 어땠어?"라고
물어보는 간단한 말 한마디가 큰 힘을 발휘할 수 있습니다.

이러한 작은 노력들이 쌓여
서로에 대한 사랑과 존중이 깊어질 것입니다.

무엇보다 중요한 것은 서로에게 진심을 담아 대하는 것입니다.
상대방이 나에게 얼마나 소중한 존재인지
그를 얼마나 사랑하는지를 항상 기억하고 표현하세요.
작은 말 한마디, 따뜻한 손길, 서로를 위한 배려가
부부 관계를 더욱 아름답고 단단하게 만들 것입니다.

작은 것에서부터 시작하여 서로를 아끼고 사랑한다면
그 관계는 반드시 더 깊고 풍요로워질 것입니다.
여러분의 가정에 언제나 사랑과 행복이 가득하기를 바랍니다.

사랑하는 사람과의 스킨십

연구에 따르면, 포옹이나 악수와 같은 신체 접촉이
우리 몸과 마음의 건강에 큰 도움이 된다고 합니다.
얼마 전 네덜란드 신경과학 연구소에서는
대규모 연구를 통해 신체 접촉이 정신적, 육체적 건강에
더 좋은 영향을 미친다는 사실을 밝혔습니다.
특히, 어린아이보다 나이가 든 장년층에서
더 큰 효과가 나타났다는 점이 인상적이었어요.

사랑해요. 고마워요. 미안해요. 라는 말을 건네면서

스킨십 할 수 있고 이유 없이 스킨십 할 수 있습니다.
사랑하는 사람과의 스킨십은 곧 애정이 담긴
따뜻한 손길이기에 이를 통해 마음이 치유될 수 있고
행복감은 증폭 될 수 있습니다.
말로 전할 수 없는 마음을 전할 수 있습니다.
말로도 예쁜 말을 할 수 있지만
상대의 손을 잡아주고 안아주는 것으로도
서로 행복해질 수 있음을 꼭 잊지 말아주세요.

결혼하면 바뀌겠지

결혼 생활에서 상대방이 변할 거라는
기대는 접어두는 것이 좋습니다.
우리가 할 수 있는 것은 상대방을
있는 그대로 받아들이고 이해하는 것입니다.
이는 서로에게 진정한 사랑을 전하는 첫 걸음입니다.

누군가를 바꾸려는 시도는 종종 실패로 끝나기 마련입니다.
실제로 정신 건강학 관점에서 보면,
이는 비현실적인 기대에 불과합니다.

상대방을 변화시키려는 마음은 자만이고 오만입니다.

결국 실망하고 실패할 뿐이에요.

배우자의 낙천적인 성격에 이끌려 결혼했을 때,
그 이면에는 중요한 결정을 미루거나 쉽게 포기하는
단점이 있을 수 있습니다.
이러한 단점들을 감당할 수 있을지 깊이 생각해보는 것
이 중요합니다.
만약 그 단점이 너무 힘들다면,
사랑하는 마음이 오래가지 않을 수도 있습니다.

또 다른 예로, 배우자의 외향적인 성격을 좋아하게 되
었지만
그가 사회적 활동에 너무 많은 시간을 할애해
가정에 소홀해질 수 있다는 것을 이해하고
수용할 준비가 되어 있어야 합니다.
이처럼 모든 사람에게는 장점과 단점이 공존합니다.

따라서, 결혼 생활에서 중요한 것은
상대를 바꾸려는 것이 아니라
그 사람의 모든 면을 받아들이는 것입니다.
상대방의 장단점을 함께 존중하고 사랑하는 것이
진정한 부부 관계의 핵심입니다.
서로의 다름을 이해하고, 그 차이에서 오는 불편함을 받아들이며
함께 성장하는 것이야말로 진정한 사랑이 아닐까요?

마지막으로 제가 이전에 봤던
양재진, 양재웅 전문의가 남긴 말이 인상 깊어서 인용하고 마치겠습니다.

"만나는 이유가 헤어지는 이유고
결혼하는 이유가 이혼하는 이유다"

사랑하는 사람을 여보, 당신이라 부르는 이유

결혼식에 참석하는 손님들은
보통 부모님의 초대 손님들이며
장례식에 참석하는 손님들은 자녀들의 초대 손님인 경우가 많습니다.
장례식에 오시는 분들은 대개 고인보다
고인의 가족과 더 깊은 관계를 맺고 있는 분들입니다.
이처럼, 인생의 마지막 순간까지
우리 곁에 남아주는 사람들은 가족들입니다.
특히 아내와 남편은 우리의 인생 여정에서 끝까지 함께하는 동반자입니다.

젊었을 때 찍은 부부 사진을 보면
대부분 아내가 남편 곁에 다가서서
기대고 있는 모습을 볼 수 있습니다.
반면, 나이가 들고 나서 찍은 사진에서는
남편이 아내 쪽으로 몸을 기울이는 모습을
자주 발견하게 됩니다.
젊었을 때는 아내가 남편에게 기대어 살지만
나이가 들면 남편이 아내의 도움을 받으며 인생을 살
아 갑니다.

이처럼 부부는 서로를 보배와 같이 여기며
서로를 '여보'나 '당신'이라고 부릅니다.
'여보'는 '소중한 보배'를 뜻하고
'당신'은 '나의 몸과 같은 소중한 사람'을 의미합니다.
부부는 서로에게 가장 귀중한 존재이며
인생의 마지막까지 함께하는 동반자입니다.

그 누구보다도 마지막까지
내 곁을 지켜줄 사람은 바로 아내와 남편,

그리고 자녀들입니다.

이들은 우리가 가장 소중하게 여기고,

사랑하며, 아껴야 할 사람들입니다.

우리는 사랑하는 사람들과 함께 하는 시간을

소중히 여기며

서로에게 따뜻한 사랑과 배려를 아끼지 말아야 합니다.

작은 말 한마디, 작은 행동 하나하나가 모여

부부 관계를 더 단단하게 만들고

서로의 마음을 더욱 깊게 연결해줍니다.

사랑하는 사람과 함께하는

이 길이 언제나 행복과 사랑으로 가득하기를 바랍니다.

서로를 이해하고 존중하며

진심을 다해 사랑하는 부부가 되기를 소망합니다.

사랑하는 사람과 함께 열심히 살아가며

서로를 아끼고 소중히 여기는 마음이 가정의 행복을 만들어갑니다.

우리의 삶이 더 따뜻하고 풍요로워질 수 있도록 매일매일 서로에게 따뜻한 말과 행동을 전하는 것을 잊지 말아야겠습니다.

당신을 시적으로 미워해요

당신이 내 삶에 들어왔을 때, 마치 봄이 온 것 같았어요.
하지만 그 봄은 슬픔이 가득한 봄이었죠.
당신의 한 번의 눈길이 내 미소에 날개를 달아준 것 같았어요.
높이 날아올라 몇 년이 지났지만
그 날개들은 어디로 갔는지 모르겠어요.

내 꿈들은 열린 하늘 같았지만
어두운 구름으로 덮여 있어요.
그 어두운 구름이 바로 당신이에요.

당신은 웃으며 내게 어떻게 우는지를 가르쳐주었죠.
이제 어떻게 당신을 찬양해야 할까요?
그리고 왜 그래야 할까요?

당신은 내 인생 책의 한 페이지예요,
모두가 한 번 보고 찢어버리는 그런 페이지.
이제 나는 자랑스럽게 말할 수 있어요,
시적으로 당신을 미워한다고.

하지만 그 미움 속에서도, 나는 성장하고 있어요.
당신이 준 아픔이 나를 더 강하게 만들었어요.
지금은 힘들겠지만, 이 경험이 나를 더 단단하게 만들 거예요.
슬픔 속에서도 희망을 찾고 고통 속에서도 빛을 찾을 수 있어요.
나는 나 자신을 사랑하고, 앞으로 나아갈 거예요.
당신을 시적으로 미워하지만,
그 미움 속에서도 나는 빛날 거예요.

권태기를 느낄 때 꼭 새겨야 할 조언

오랜 연애가 지속되다 보면 서로에게 익숙해지고
편안함이 생기면서 권태감이 느껴질 수 있습니다.
이러한 권태감은 마치 연인이 지루하게 느껴지는 감정입니다.
여러분 중에는 이러한 권태감을 이기지 못하고
이별을 경험한 분들도 계실 것입니다.

권태기를 겪고 헤어진 후
많은 사람들은 이렇게 생각합니다.

"이제야 자유로워졌다"

"다음에는 누구를 만나볼까?"

"더 이상 싸우지 않고, 구속받지 않아서 살 것 같다"

"애인이 없으니 편하다"

물론 모든 사람이 이런 생각을 하지는 않겠지만,
흔히 나타나는 반응입니다.

그러나 조금만 더 생각해보면
그 사람은 오랫동안 당신을 사랑하고
아껴주던 소중한 사람이었을 것입니다.
당신의 단점까지도 받아주고
진심으로 걱정하며 챙겨주던 사람 말입니다.

권태기는 긴 연애에서 자연스럽게 나타날 수 있는 현상입니다.
하지만 이 권태감 때문에 그렇게 소중했던 사람을 놓아버리지는 마세요.
만약 권태기로 인해 모든 연애가 끝난다면
결혼 생활은 어떻게 유지할 수 있을까요?

계속 새로운 사람을 찾아다니는 것이 답일까요?
새로운 사람과는 권태기가 없을 것이라고 확신할 수 있을까요?

결국, 우리는 한 사람과 오래도록 함께 살아가야 하는 인생을 살고 있습니다. 혼자가 아닌 둘이 함께하는 삶을 원한다면
권태기라는 작은 위기 때문에 소중한 사람을 잃지 않도록 노력해야 합니다.
"더 이상 너를 좋아하지 않아"라는 말을 들으며
고통스러워할 상대방의 마음을 생각해보세요.
그 사람에게는 매일이 지옥 같은 시간이 될 것입니다.

권태감으로 인해 그렇게나
사랑했던 사람을 떠나보낸다면

평생 동안 그만큼 좋은 사람을
다시 만나기 어려울 것입니다.

그 사람이 당신을 진심으로

사랑했던 마지막 사람일 수도 있습니다.

다른 누군가가 그 사람처럼 당신을 사랑해줄 것이라고 생각하는 것은 착각일 수 있습니다.

그 사람은 다시는 없을 소중한 존재입니다.

그러니, 제발 그 사람을 놓아버리지 마세요.

상대방의 마음이 얼마나 아플지를 생각해보세요.

권태기가 왔을 때, 이 글을 떠올리며 연인의 소중함을 잊지 않길 바랍니다.

너에게 1순위이고 싶은 마음

너에게만큼은 1순위이고 싶어

두 번째나 세 번째,

그 이상의 자리는 싫어

첫 번째가 아니라는 건 불안해

그가 노래 속 인물처럼 행동한다면 어떡하지?

내 얼굴에서 다른 누군가를 떠올린다면?

그가 나를 필요로 하는 이유가

내가 아닌, 상처를 치유하기 위해서라면?

그가 밤에는 다른 사람을 생각하고
내가 단지 누군가의 대체품이라면?
내가 그가 괜찮은지 확인하기 위한 실험이라면?

그가 어느 날 내가 그의 옆에 두고 싶은 사람이
아니라는 걸 깨닫게 된다면?
그래서 나는 첫 번째가 되고 싶어
첫 번째 사랑, 첫 번째 선택
그가 나를 바라볼 때, 오직 나만을 보길 원해
그가 나를 필요로 하는 이유가
나이기 때문에

우리가 함께 나누는 모든 순간이
서로에게 유일하고 소중하길 바래
이 마음, 첫 번째이고 싶은 마음
내가 그의 인생에서 특별한 사람이 되고 싶어
그 누구와도 비교할 수 없는 사람으로
오직 나만을 첫 번째로 생각하길

깊이 사랑받는 것은 힘을 주고,
깊이 사랑하는 것은 용기를 준다

사랑은 우리의 삶에 큰 힘을 줍니다.
깊이 사랑받는다는 것은 우리를 강하게 만듭니다.
누군가가 우리를 진심으로 아끼고 지지해준다는 사실은 우리에게 큰 위로가 됩니다.
힘들고 지칠 때, 사랑받고 있다는 느낌은 다시 일어설 수 있는 힘을 줍니다.

또한, 깊이 사랑하는 것은 우리에게 용기를 줍니다.
누군가를 진심으로 사랑하는 것은 우리의 마음을 열고 그 사람을 위해 많은 것을 할 수 있게 만듭니다.

진정한 사랑은 두려움을 이겨내고
우리에게 앞으로 나아갈 용기를 줍니다.
사랑하는 사람을 위해 우리는
더 나은 사람이 되고 싶어 집니다.
그 사람을 지키고 싶다는 마음은 우리를 강하게 합니다.
사랑받는 것과 사랑하는 것은 서로 연결되어 있습니다.

이 두 가지는 우리의 삶을 더욱 의미 있게 만듭니다.
사랑받는다는 것은 우리에게 행복과 평화를 주고
사랑하는 것은 우리를 용감하게 만듭니다.
사랑을 주고받는 과정에서 우리는 성장하고, 더 나은 사람이 됩니다.

사랑은 우리의 삶을 풍요롭게 만듭니다.
누군가에게 사랑받는다는 것은
우리의 마음을 따뜻하게 하고
우리에게 행복을 줍니다.
누군가를 사랑하는 건 우리 삶을 가치 있게 만듭니다.

사랑은 두려움을 없애고, 우리에게 용기를 줍니다.

사랑하는 마음은 우리의 모든 순간을 빛나게 합니다.

때로는 삶이 힘들고 지칠 때가 있습니다.

하지만 사랑이 있다면 우리는 다시 일어설 수 있습니다.

사랑받고 있다는 사실은 우리에게 큰 위로가 되고,

사랑하는 마음은 우리에게 큰 힘이 됩니다.

사랑은 우리를 강하게 하고, 용기를 줍니다.

사랑은 이 세상에서 가장 소중한 것입니다.

깊이 사랑받는 것은 우리에게 큰 힘을 주고,

깊이 사랑하는 것은 우리에게 용기를 줍니다.

사랑이란 2

사랑은 단순한 감정이 아니다.
사랑은 시간이 지나도 변하지 않고, 오히려 더 깊어지는 일이다.
사랑은 오래 참고, 온유하며, 시기하지 않는 것이다.

연인 관계에서 가장 중요한 것은 인내다.
때로는 상대방의 실수나 단점 때문에 마음이 상할 때도 있다.
그러나 진정한 사랑은 오래 참는다.
작은 실수나 갈등 때문에 쉽게 포기하지 않는다.

사랑은 시간이 지나면서 더 성숙해지고
상대방을 있는 그대로 받아들이는 법을 배운다.
인내는 사랑의 첫걸음이다.

사랑은 온유하다.
상대방에게 상처를 주는 말이나 행동을 하지 않고
언제나 부드럽게 대한다.
온유한 태도는 관계를 평화롭게 유지하는 데 큰 도움이 된다.
사랑은 상대를 존중하고
배려하는 마음에서 비롯된다.
서로의 감정을 이해하고, 상처받지 않도록 배려하는 온유한 태도가 필요하다.

사랑은 시기하지 않는다.
연인이나 부부 사이에는 경쟁이 없다.
서로의 성공을 진심으로 축하하고, 함께 기뻐한다.
시기는 사랑을 해치는 독이다.
사랑하는 사람의 행복을 나의 행복으로 여기는 마음이

필요하다.

서로의 성장을 응원하고, 함께 더 나은 미래를 꿈꾸는 것이 사랑이다.

사랑은 자랑하지 않는다.

상대방에게 자신의 우월함을 내세우지 않고 겸손하게 대한다.

사랑은 상대방을 존중하는 마음에서 시작된다.

자랑은 관계를 긴장하게 만들고, 상대방을 불편하게 할 수 있다.

사랑은 겸손하게 서로 존중하며 함께 성장한다.

사랑은 무례히 행하지 않는다.

상대방에게 무례하게 대하는 것은 사랑이 아니다.

존중과 배려가 없는 사랑은 오래 갈 수 없다.

무례한 행동은 갈등을 초래하고, 관계를 멀어지게 한다.

사랑하는 사람에게는 항상 예의를 지키고
배려하는 태도를 유지해야 한다.

사랑은 자기의 유익을 구하지 않는다.

사랑은 이기적이지 않다.

상대방의 행복을 나의 행복으로 여기고

서로를 위해 희생할 수 있는 마음이 필요하다.

자기중심적인 사랑은 결국 무너지기 마련이다. 진정한

사랑은 상대방을 먼저 생각하고, 배려한다.

사랑은 성내지 않는다.

작은 일에 쉽게 화를 내지 않고 상대방의 입장을 이해하

려고 노력한다.

화를 내는 것은 갈등을 키우고, 관계를 해친다.

사랑은 이해와 용서에서 비롯된다.

상대방의 실수를 용서하고, 화를 내기보다는 이해하려

는 마음이 필요하다.

사랑은 악한 것을 생각하지 않는다.

상대방을 미워하거나 원망하지 않고

항상 긍정적인 마음을 유지한다.

악한 생각은 사랑을 해치는 독이다.

사랑하는 사람에 대해 좋은 생각을 하고

긍정적인 마음을 유지하는 것이 중요하다.
사랑은 불의를 기뻐하지 않고 진리와 함께 기뻐한다.
사랑은 정의롭고 진실된 것을 추구한다.
상대에게 정직하고, 서로 속이지 않는 것이 사랑이다.
사랑은 진실된 마음에서 비롯된다.

사랑은 모든 것을 참으며, 모든 것을 믿으며,
모든 것을 바라며, 모든 것을 견딘다.
사랑은 어려운 상황에서도 포기하지 않고,
서로를 믿으며, 함께 더 나은 미래를 꿈꾸는 것이다.
사랑은 어떤 어려움도 함께 극복할 수 있는 힘을 준다.

당신은 충분히 빛나는 사람입니다

아무리 애써도, 마음속 깊이 "내가 정말 충분한가?"라는 의문이 맴돌지요.
당신이 느끼는 감정들, 당신이 하는 일들
그 모든 것이 다른 사람들에게 충분할까요?

어쩌면 당신은 쉽게 짜증을 낼지도 몰라요
어쩌면 당신은 자신의 마음을 잘 표현하지 못할지도 몰라요
어쩌면 여러 면에서 부족하게 느껴질지도 모르겠어요.

하지만, 그래요, 당신은 완벽하지 않아도 괜찮아요.

사회가 요구하는 기준에 맞추지 않아도 괜찮아요.

미안해하지 않아도 됩니다, 형식적으로만 행동할 필요는 없어요.

자신을 먼저 생각하지 말아야 할까요?

다른 사람들을 위해 더 노력해야 할까요?

이 내면의 전쟁은 언제쯤 끝날까요?

마음속 혼란은 언제쯤 가라앉을까요?

이 삶의 의미는 언제쯤 깨달을 수 있을까요?

하지만, 잊지 마세요.

당신이 이렇게 고민하는 이유는 소중한 사람들을

정말로 사랑하기 때문이에요.

가족, 연인, 친구들에게,

그들이 당신을 이해해주길 바라지요.

당신이 완벽하지 않아도

당신의 진심을 알아주길 바랍니다.

당신은 그들의 시간을 소중히 여기는 사람입니다.

당신은 그들에게 빛이 되는 사람입니다.

당신은 그들 곁에 있을 만큼 충분한 사람입니다.

당신은 이미 충분합니다.

당신의 고민과 불안 속에서도

그 진심이 늘 빛나고 있습니다.

당신의 존재 자체가 소중하고 가치 있습니다.

언제나 당신이 빛나는 순간을 잊지 마세요.

3장

나에게

견디고 노력하면 반드시 좋은 날이 온다

살아가면서 수많은 어려움을 겪을 때가 있습니다.
그러나 포기하지 않고 끝까지 노력하면 반드시 밝은 날이 찾아옵니다.
지금 힘들다고 해서 영원히 힘든 것은 아닙니다.
우리의 의지와 노력은 결국 우리의 삶을 더 나은 방향으로 이끌어줍니다.
견디는 것 자체가 노력입니다.

버티는 것만으로도 당신은 이미 대단한 일을 하고 있는 것입니다.

여기서 한 발짝 더 나아가는 것은 정말로 훌륭한 성취입니다.
때로는 넘어질 수도 있고, 무너질 수도 있습니다.
그러나 다시 일어서서 앞으로 나아가는 과정을 반복하다 보면,
어느새 당신은 그 어떤 역경도 견뎌낼 수 있는 강한 사람으로 변해 있을 것입니다.

현재의 고통과 어려움은 당신을 성숙하게 만들고,
더 단단한 사람으로 만들어줍니다.
이 과정에서 중요한 것은 포기하지 않는 것입니다.
포기하지 않고 계속해서 노력하다 보면
시간은 자연스럽게 좋은 날로 이어질 것입니다.

당신은 당신의 상처보다 큰 사람이고, 당신의 아픔보다 위대한 사람입니다.
지금의 아픔이 아무리 크더라도, 당신의 용기와 끈기는 그보다 더 큽니다.
인생의 여정에서 마주하는 모든 도전을 이겨내며
당신은 더욱 빛나는 존재가 될 것입니다.

마지막으로, 당신은 혼자가 아닙니다.
주변에는 당신을 응원하는 사람들이 있고
그들과 함께라면 어떤 어려움도 극복할 수 있습니다.

때로는 혼자라고 느낄지 모르지만
당신의 용기와 끈기는 분명 다른 이들에게도 큰 힘이 될 것입니다.
끝까지 버티고 노력하면 알게 될 겁니다.
당신 앞에는 반드시 밝은 날이 기다리고 있습니다.

힘들 때마다 이 글을 떠올리며 당신 자신을 믿고 끝까지 나아가세요.
당신의 노력과 의지는 반드시 결실을 맺을 것입니다.
좋은 날은 반드시 옵니다.

이 글을 통해 당신이 조금이라도 위로와 용기를 얻을 수 있기를 바랍니다.
당신의 삶이 빛나는 날들을 맞이할 수 있도록
지금의 고통을 이겨내고 끝까지 노력해 주세요.

당신은 분명히 해낼 수 있습니다.

인생 잘 풀리는 방법

남을 욕하지 말아요.
남을 비난하며 살지 마세요.
그런 말들은 결국 당신에게 돌아오며
당신의 영혼을 어둡게 할 뿐입니다.

누군가를 미워하며 사는 것은
결국 자신에게 상처를 주는 일입니다.
복은 찾아서 오는 것이 아니라
당신이 만들어가는 것입니다.

웃고, 움직이고, 살아가세요

힘든 상황에서도 웃음을 잃지 말고
활기차게 움직이며 삶을 살아가세요.
아무리 어려워도 자신을 포기하지 마세요.
힘든 시간 뒤에는 반드시 보상이 찾아옵니다.

좋은 일을 하면 좋은 일이 돌아와요.
좋은 일을 하면 복이 돌아오는 이유는
긍정적인 기운이 돌고 돌아 결국
다시 당신에게로 돌아오기 때문입니다.

지금 당신이 살아가는 삶이 곧 미래이며 현실입니다.
자신의 언행에 책임을 지고, 긍정적인 삶을 살아가세요.
자신을 믿고 행동하세요
진정 무서운 것은 귀신이 아니라
자신을 해치는 사람들입니다.

스스로 잘되길 바라고 그 믿음대로 행동하세요.
그런 믿음과 행동은 결국 현실로 돌아옵니다.
고통스러운 과거는 지울 수 없지만

용서와 감사함을 통해 마음의 평안을 찾으세요.
시간이 걸리더라도 반드시 해야 할 일입니다.
사랑하는 사람과 함께하는 시간
마음의 평안을 찾는 방법은 사랑하는 사람과
함께 좋아하는 음식을 먹으며 추억을 만드는 것입니다.
간단하지만 가장 소중한 일입니다.

잘못된 믿음을 가지고 인생을 맡기지 마세요.
때로는 스스로 자신의 운명을 개척해야 하는 순간이 옵니다.
하늘이 스스로 돕는 자를 돕는 것처럼
당신의 행동과 말, 생각이 결국 당신에게 돌아올 것입니다.

죽을 때까지 반드시 지켜야 할 소중한 교훈들

1. 비밀은 꼭 마음 속에 간직하세요.

비밀은 누구에게도 쉽게 털어놓지 않는 것이 좋습니다. 좋은 비밀은 질투를, 나쁜 비밀은 나중에 나에게 불리하게 작용할 수 있습니다. 비밀을 잘 보관하면 그것을 통제할 수 있지만, 비밀을 공개하면 그것이 나를 지배하게 됩니다. 침묵의 가치는 크다는 것을 기억하세요.

2. 돈과 인간관계는 분리하세요.

돈 문제는 친구와 분리하는 것이 현명합니다. 돈은 마치 바닷물과 같아서, 마실수록 갈증이 심해집니다. 돈을 빌려 달라는 부탁을 거절함으로써 친구를 잃을 확률은 낮지만, 돈을 빌려줌으로써 오히려 친구를 잃는 경우가 많습니다. 돈과 인간관계는 철저히 구분하는 것이 중요합니다.

3. 사람은 쉽게 변하지 않습니다.

한 번 상처를 준 사람은 또다시 상처를 줄 가능성이 높습니다. 사람의 본성은 쉽게 변하지 않습니다. 두 번 이상 상처를 준 사람과는 관계를 정리하는 것이 좋습니다. 자신을 존중하지 않는 사람과의 관계를 유지하지 마세요.

4. 긍정적인 사람들과 교류하세요.

당신의 주위 사람들은 당신의 미래를 결정짓습니다. 인생을 변화시키고 싶다면, 우선 당신이 누구와 함께 시간을 보내는지를 돌아보세요. 긍정적인 사람들과 함께하면 삶은 더 밝아지고, 부정적인 사람들과 함께하면 삶은 더 어두워집니다. 진정한 인간관계는 당신의 삶을 풍요롭게 만듭니다.

5. 친구를 신중히 선택하세요.

나이가 들수록 친구 관계는 더 선택적으로 관리해야 합니다. 젊었을 때는 많은 친구들이 중요했지만, 나이가 들수록 진정한 친구 몇 명과의 깊은 관계가 더 중요해집니다. 주위에 진정으로 당신을 아끼고 응원해주는 친구들을 선택하세요.

복수를 하지 말아라: 인과응보의 법칙

누군가 당신에게 해를 끼쳤다면
앙갚음하려고 애쓰지 마세요.
썩은 과일은 자연스럽게 떨어지듯이
그 사람도 결국 자신의 잘못에 대한 대가를 치를 것입니다.

강가에 조용히 앉아 흐르는 강물을 바라보면
언젠가는 그 사람의 시체가 떠내려오는 것을 보게 될 것입니다.
이 비유는 우리가 복수를 하지 않아도 세상의 법칙이

그 사람에게 벌을 내린다는 것을 의미합니다.

복수는 필요하지 않습니다.
그저 참고 억울함을 견디라는 것이 아닙니다.
내가 굳이 복수를 하지 않아도
나에게 상처를 준 사람은 결국
자신의 죗값을 치르게 마련입니다.
그 사람에게 신경을 쓰고 스트레스 받으면
오히려 나만 손해일 뿐입니다.

최고의 복수는 그 사람에게 관심조차 주지 않고
그보다 훨씬 더 잘 사는 것입니다.
우리 인생은 매우 짧습니다.
행복을 누리기에도 부족한 시간이므로
부정적인 감정에 휘둘리지 말아야 합니다.

예를 들어, 회사에서 동료가 나에게 부당한 일을 했다면
그에 대해 앙갚음을 하려고 시간과 에너지를 낭비하지
마세요.
대신, 더 나은 성과를 내고, 자신의 가치를 증명하며 살

아가는 것이
훨씬 현명한 방법입니다.

그 동료는 결국 자신의 잘못된 행동
때문에 신뢰를 잃고,
자신이 저지른 일의 결과를 겪게 될 것입니다.

일상 생활에서도 마찬가지입니다.
만약 누군가가 나를 비난하거나 험담을 한다면
그 사람에게 복수하려고 하지 말고
오히려 자신의 삶에 집중하세요.

긍정적인 태도로 자신의 목표를 이루어 나가면
그 사람의 비난은 자연스럽게 무의미해질 것입니다.

행복한 삶을 사는 것 자신에게 주어진 시간을
소중히 여기는 것이야말로 최고의 복수입니다.

복수를 하지 않겠다는 결심은 결코 약함을 의미하지 않
습니다.

오히려 자신을 더욱 강하게 만들고
성숙한 사람으로 성장하게 합니다.
인과응보의 법칙을 믿고, 자신의 길을 당당하게 걸어가세요.

우리 인생은 너무 짧고
행복하기만 해도 시간이 부족합니다.
쓸데없는 복수에 에너지를 낭비하지 말고
자신의 삶을 빛내기 위해 노력하세요.

"굳이 복수하지 마라, 썩은 과일은 알아서 떨어진다."
이 말을 마음에 새기고, 더 나은 삶을 살아가길 바랍니다.

고난 뒤에 찾아오는 축복

견디고 있으니 결국 좋은 사람과 좋은 순간이 찾아왔습니다.
평생 지속될 것이라 믿었던 것들이 시간이 흐르며
깨질 때면, 좌절과 회의가 밀려옵니다.

내가 모든 것을 다해 최선을 다했는데
그 결과가 이 정도뿐인지
우리의 관계가 이렇게 얕은 것인지 생각하면
마음이 무너집니다.

감정만 낭비하는 관계를

혼자서 붙들고 있었던 것 같아

힘든 시간을 보내며

스스로를 자책하게 되기도 합니다.

하는 일이 잘 풀리지 않고

나를 믿어주는 사람도 없다고 느껴질 때

포기하고 싶은 마음이 듭니다.

하지만 그때 희망이 찾아옵니다.

설명할 수 없는 기회가 오고

내 곁에 있어야 할 사람이 반드시 나타납니다.

그러니 힘들 때마다 기억하세요.

좋은 순간을 맞이하기 위해 내가 그동안 얼마나 고생해

왔는지를 말입니다.

기대하지 않았던 일에서 좋은 결과가 나오고

새로운 좋은 인연이 생기며, 성공의 달콤한 맛을 보게

될 때, 이런 말을 하게 됩니다.

"견디니까 오더라, 좋은 순간과 좋은 사람들이."

당신이 힘든 시간을 이겨낼 때마다
더 나은 날들이 당신을 기다리고 있습니다.
고통 속에서도 희망의 불씨를 놓지 마세요.

좋은 사람들과 좋은 순간은
반드시 당신에게 올 것 입니다.
아무리 힘든 시기가 있어도
그것은 더 큰 행복을 위한 준비 과정일 뿐입니다.
좌절하지 말고, 그저 오늘을 견디며 내일을 기다리세요.
그러면 분명 좋은 날이 올 것입니다.

마음을 울리는 그 순간이 찾아오면
당신은 말할 수 있을 것입니다.
"내가 이겨냈구나. 내가 기다려온 이 순간이 드디어 왔구나."
인생은 우리에게 많은 시련을 주지만
그 시련을 견뎌낸 자에게는 더 큰 기쁨과 행복을 안겨줍니다.

힘들 때마다, 이 문장을 기억하세요.

"고난 뒤에는 반드시 축복이 온다."

그러니 지금 이 순간도 결국 지나갈 것이며

더 나은 날들이 다가올 것입니다.

고통은 지나가는 것이고

행복은 영원히 당신 곁에 머무를 것입니다.

인생의 아름다운 순간들은 언제나

우리가 가장 힘들어할 때 찾아오곤 합니다.

지금 힘든 시간을 보내고 있다면

그것은 더 큰 행복을 위한 전주곡일 뿐입니다.

당신의 인내와 노력이 헛되지 않음을 기억하며

밝은 미래를 기대하세요.

당신이 바라는 날을 맞이하면

그때 알게 될 것입니다.

당신의 모든 노력과 인내가 헛되지 않았음을.

기분 따라 행동하지마세요

기쁠 때 약속하지 말고

화가 났을 때 표현하지 말며

슬플 때 판단하지 말라는 말이 있습니다.

이는 우리의 기분이 태도가 되어

손해를 보는 상황을 피하기 위한 지혜입니다.

우리는 종종 기분에 따라 행동하다가 후회하는 경우가 많습니다.

즐거울 때는 긍정적인 감정에 휩싸여

신중하지 못한 결정을 내리기 쉽습니다.

예를 들어, 친구들과 즐거운 시간을 보내며
너무 많은 약속을 하게 될 수도 있습니다.

들뜬 마음을 가라앉히고 신중하게 생각해보세요.
즐거움에 휘둘려 후회할 결정을 피하려면
차분한 마음으로 생각하는 것이 중요합니다.

화가 났을 때는 감정에 휩싸여 말과
행동이 과격해질 수 있습니다.
이때는 잠시 멈추고 깊은 호흡을 통해
자신을 진정시키는 것이 필요합니다.

화난 상태에서 내뱉은 말은 의도와 달리
상대에게 큰 상처를 줄 수 있습니다.
냉정을 되찾은 후에 대화하는 것이 현명합니다.

슬플 때는 판단력이 흐려질 수 있습니다.
감정에 압도되어 잘못된 결정을 내릴 수 있습니다.

슬픔을 느낄 때는 그 감정을 받아들이고
충분한 시간을 두고 회복하는 것이 중요합니다.
마음이 안정된 후에 내리는 결정은
더 나은 결과를 가져올 것입니다.

차분할 때는 더욱 신중하게 생각하세요.
화났을 때뿐만 아니라 평소 냉정하게 생각하는 건
당신 자신을 지키고, 가족을 지키며, 재산을 보호하고
이미지를 지킬 수 있습니다.

매번 기분에 따라 행동하다 보면
결국 내게 남는 것이 없어집니다.
오히려 차분한 순간일수록
더 냉정하게 바라보는 태도가 필요합니다.

화를 다스리는 법

분을 쉽게 내는 자는 다툼을 일으키지만
화를 더디 내는 자는 시비를 그치게 한다고 했습니다.

화를 내는 일은 숯불을 손에 쥐고 누군가에게
던지는 행위와 같다는 말이 있습니다.

화를 일상적으로 내면서 살면
그 대상을 닮아가기도 하고
수명이 일찍 끝나는데 있어 기여를 합니다.

화를 잘 다스리는 것은 그 누구도 아니고
나를 위해서 해야만 하는 일이에요.

화를 잘 조절하는 사람은 주변에서도 존경받으며,
갈등 상황에서도 냉정을 유지할 수 있습니다.

화를 내서 손해를 보기보다는
화를 통제해서 당신이 감정의 주인이라는 것을
보여주세요.

당신이 강하다는 증거

인생은 때로 우리를 시험에 들게 하고
감정의 폭풍이 몰아치게 합니다.

하지만 진정으로 강한 사람들은
이런 순간에도 겸손과 온유를 잃지 않습니다.

그들은 상황에 휩쓸리지 않고
사랑의 힘으로 서로를 용납하는 법을 압니다.
매 순간을 차분히, 그리고 오래 참으며 대합니다.

진정한 강함은 끊임없는 승리의 욕구에서 나오지 않습니다.
오히려 그것은 평화롭고 초연한 태도에서 비롯됩니다.
강한 사람은 화내거나 다른 이에게 피해를 주기보다는 모든 상황에서 자신의 중심을 잃지 않습니다.
그들은 자신과 타인에 대한 깊은 이해와 함께
각 상황을 고요하게 받아들이는 법을 배웁니다.

폭풍의 한가운데서도 평화의 눈처럼 차분함을
유지할 수 있는 능력은 많은 시련과 연습을 통해 길러집니다.

마음을 다스리고 감정의 균형을 찾아가는 여정은 쉽지 않지만,
이 길을 걸으며 우리는 진정으로 강한 인간이 됩니다.
각자의 삶에서 이러한 평화를 실천함으로써
우리는 더 나은 세상을 만드는 데 기여할 수 있습니다.
이것이 진정한 강함이며, 우리 모두가 지향해야 할 바입니다.

돈이 행복의 전부는 아니지만

이런 말이 있습니다.
"돈이 행복의 전부는 될 수 없지만 대부분은 될 수 있다"
저도 어느정도 동의하는 말입니다.
하지만 우리 인생에서 '돈'만 추구한 사람의 삶은 어떨까요?

돈은 추상적인 인간의 행복을 대변한다고 할 수 있지만
실제로 우리가 삶에서 경험하는
구체적인 행복을 더 이상 느낄 수 없게 되면
사람들은 종종 돈에 자신을 완전히 바치게 됩니다.

행복은 사랑, 우정, 취미와 같이
돈으로 살 수 없는 경험에서 비롯되곤 합니다.

이러한 경험들은 우리의 감정에 직접적으로 작용하여
진정한 만족과 기쁨을 선사합니다.

그러나 우리가 이러한 진정한 행복의 원천을 잃어버리면,
돈을 통해 그 공백을 채우려고 시도하는 경우가 많습
니다.

돈이 많으면 여러 가지 편리함과 보상을 줄 수 있지만
돈 자체가 우리의 내면까지 채워줄 수는 없습니다.

돈에 자신을 완전히 바치는 삶은 겉보기에는 성공적일
지 모르지만
종종 외로움과 공허함을 동반합니다.
진정한 행복을 찾기 위해서는
우리의 삶에서 진정으로 가치 있는 것이 무엇인지 고민

하고,

그것을 추구하는 데 더 많은 시간과 노력을 할당해야

합니다.

한 마디로 더 소중한 게 무엇인지

고민하는 시간이 우리에게 필요합니다.

혼자만의 시간을 보낸다는 건

잠시 혼자가 되어 조용한 방
또는 한적한 공원의 벤치에 앉아 있을 때
우리는 자신만의 속삭임에 귀 기울일 수 있습니다.

예를 들어, 직장인 A 씨는 분주한 일상 속에서
자신이 무엇을 진정 원하는지조차 잊고 살아가고 있었습니다.
하지만 어느 날 저녁 혼자서 긴 산책을 하며
맞이한 일몰을 보면서 그는 오랫동안 잊고 있었던
글쓰기에 대한 열정을 다시 떠올렸습니다.

그 순간, A씨는 자신이 진정으로 추구해야
할 삶의 방향을 깨달았습니다.
고독은 우리에게 진정한 자아를 되돌아보게 하고
잠재되어 있던 열정을 깨우는 촉매제가 될 수 있습니다.

혼자만의 시간을 통해 우리는 자유롭게 생각을 펼칠 수
있고,
내가 원하는 게 무엇인지 알 수 있습니다.

우리 일상에는 우리 시간을 할애하도록 유도하는
무수히 많은 것들이 존재합니다.

마음의 평화는 때때로 세상의 소음에서 벗어나 자신만
의 고독을 감내하고
그 속에서 자신을 찾는 용기를 가져야 합니다.

어이없고 황당한 일을 겪었을 때

때로 우리는 뜻밖에도 야비하고 어이없는 일들을 경험하곤 합니다.
이런 순간들이 우리를 괴롭게 하고 짜증 나게 만들 수 있지만,
그러한 감정에 사로잡히지 마세요.

오히려 그것을 지식이 하나 늘었다고 생각하세요.
인간의 성격을 탐구하던 중
새로운 요소를 발견한 것처럼,
우리는 그 경험을 통해 배움을 얻습니다.

마치 광물학자가 특이한 광물 표본을 발견했을 때처럼
이를 연구하고 이해하는 기회로 여길 수 있습니다.

아픔과 실망이 당장은 버거울지라도
그 속에서 인간 본성에 대한 귀중한 통찰을
얻을 수 있다는 사실을 잊지 마세요.

이렇게 어려운 상황을 객관적으로 바라보려 노력할 때
우리는 감정의 노예가 되지 않고
사건의 의미를 더 깊이 파악할 수 있습니다.

결국 이러한 태도는 우리가 인생의 난관을
더 지혜롭고 효과적으로 극복하도록 돕습니다.
어려움을 겪을 때마다 그것을 자신의 성장과 발전의 발판으로 삼아
내면의 힘을 키우고 삶의 교훈을 얻어가길 바랍니다.

동트기 전 새벽이 가장 어두운 법이다

모든 어두운 밤은 반드시 끝을 맞이하고

그 끝에는 새로운 빛이 기다리고 있습니다.

겨울이 지나면 반드시 봄이 찾아오듯

인생의 힘든 시기도 지나가고 맙니다.

어두운 지평선 너머에는 반드시 우리의 마음을

다시 노래하게 할 희망과 기쁨이 존재합니다.

우리 곁을 잠시 떠난 이들은 사실 멀리 떠난 것뿐입니다.

그들은 지친 몸을 이끌고, 안식이 필요한
이 세상을 잠시 벗어나 더 밝고 평화로운 곳으로 갈 수
있습니다.

이는 결코 슬퍼할 일만은 아닙니다.
그들의 여정은 우리에게도 중요한 교훈을 남긴다.
어떠한 고통과 슬픔도 영원하지 않으며
결국에는 모두가 평화를 찾을 수 있습니다.

세상에서 가장 사랑하는 사람을 떠나보냈을 때
흩어진 문장을 모아 위와 같은 글을 완성하고
마음 속에 되새기곤 했습니다.

제가 아무리 힘든 일을 겪어도 결국에는
괜찮아질 거라는 믿음이 아무것도 아닌 것 같지만
긴 인생을 살아가는 데 있어 정말 큰 힘이 된다는 걸
이제야 알았습니다.

경험

청년기는 인생에서 기억이 강렬하게 남는 시기입니다.
이 때문에 우리는 청년기에 경험하는 모든 것에 특별한 주의를 기울여야 합니다.

어린 시절의 경험과 교훈은 마치 세금을 부과받듯, 우리의 기억 속에 깊이 새겨집니다.
따라서 청년기에 어떤 것을 기억할지 선택하는 데는 최고의 주의력과 선견지명이 필요합니다.

청년기에 습득한 교훈은 평생 동안 우리와 함께합니다. 이 시기에 배운 것들은 인생의 나침반이 되어 줄 수 있는 지혜와 교훈을 줍니다.

저는 몇 번의 소중한 사람을 잃어본 경험 탓에 지금 곁에 있는 사람들의 소중함을 알고 있습니다. 너무 어린

나이에 알아버린 탓에 더 소중하게 대하고 더 잘하려고 노력 합니다.

시간이 지났을 때 어떤 후회도 남기지 않기 위함입니다. 우리는 청년기에 어떤 경험을 할지, 무엇을 배울지 선택할 수 있습니다.

인생에 주도권이 있다는 건 축복 받은 일입니다. 세상을 놀라게 하는 거대한 부를 거머쥐고 있어도 많은 사람이 우러러 보는 명예를 가지고 있어도 그동안 겪은 경험들로 인해 내가 행복해질 수 없다면

이 세상에서 가장 우선시 해야 할 건 무엇인지 알 수 있습니다.

인생을 이해하려면

인생을 이해하려면 세 곳을 방문해보세요

병원

교도소

묘지

[병원]

건강보다 더 아름다운 것은 없다는 것을 이해하게 될 것입니다.

[교도소]

자유가 가장 소중한 것임을 알게 될 것입니다.

[묘지]

오늘 우리가 걷고 있는 땅이

내일 우리의 지붕이 될 것이기에,

인생은 아무것도 아니라는 걸 깨닫게 됩니다.

삶과 죽음의 대화

어딘가에서, 삶과 죽음은 만나서
함께 앉아 대화를 나눌 거예요.
그들은 서로의 고통을 나누며
서로를 이해할 거예요.
삶이 먼저 말하겠죠,

사람들이 사는 법을 잊어버리는 것에
대한 슬픔을 나누며,

무시된 기쁨들과 지속되는 슬픔에 대해

이야기 할거예요.

삶은 할 말이 많겠지만,
죽음도 할 말이 있어요.

죽음은 자신이 끝처럼 보이지만
사실은 삶의 일부, 먼 친구라는 것을 이야기할 거예요.

어떤 사람들은 죽음을
모든 슬픔의 끝이라고 생각하지만
어떤 사람들에게는 죽음이 남기는 고통도 있음을요.

삶과 죽음은 누가 더 슬픈지를 다투겠지만
결국 그들은 이해할 거예요.

인간은 조금 미쳤고, 조금 순진해요
죽음에서 삶이 줄 수 있는 것을 찾고
삶을 죽음이 줄 수 있는 것이라고 생각해요.

삶과 죽음의 대화는

우리에게 중요한 깨달음을 줍니다.

삶은 소중하고

우리가 누릴 수 있는 기쁨이 많다는 것을 말이죠.

그리고 죽음은 그저 또 다른 여정일 뿐이라는 것을요.

그래서 우리는 지금 이 순간을 소중히 여기고

삶을 최대한 즐겨야 해요.

삶 속에 있는 아름다움을 찾고

우리가 살아가는 동안 서로를 위로하며

함께 하는 시간을 소중히 여겨야 해요.

늦지 않았습니다

지금 이 순간의 마음을 다음으로 미루지 마세요.

가족과 대화는 얼마나 하시나요?

전화를 통해 안부는 묻나요?

매번 바쁘다고 말하며 합리화 하지는 않았는지요?

생각보다 가족과 함께 할 시간은 길지 않습니다.

바쁜 일상을 지내다보면

우리는 종종 중요한 걸 놓칩니다.

지금 당장 가족에게 시간을 할애하세요.

가족과의 대화는 단순한 말이 아닙니다.
그것은 마음의 연결입니다.
서로의 생각을 나누고 이해하고 지지하는 시간입니다.
따뜻한 차 한 잔을 나누며
일상의 소소한 이야기를 나누는 그 순간이 진정한 행복입니다.

전화 한 통화는 오래 걸리지 않습니다.
오늘 부모님께, 형제자매에게, 사랑하는 사람들에게 전화를 걸어 보세요.
그들의 목소리를 듣는 것만으로도 큰 위로를 받을 수 있습니다.
짧은 안부 인사 한 마디가 큰 힘이 됩니다.

가족과 함께 할 시간은 유한합니다.
지금 이 순간을 소중히 여기세요.
가족과 함께하는 시간은 행복의 원천입니다.
바쁘다는 핑계로 미뤘던 대화를 지금 시작하세요.
그들과 함께 하는 순간이 얼마나 소중한지 깨닫게 될 것입니다.

오늘 가족에게 사랑한다고 말하세요.

그들의 이야기를 들어주세요.

지금 이 순간의 마음을 다음으로 미루지 말고

사랑하는 가족과 함께하세요.

진정한 행복은 바로 그 순간에 있습니다.

정신적으로 강한 사람들이 하는 17가지

1. 감사의 마음을 실천한다.
2. 실수에서 배운다.
3. 계산된 위험을 감수한다.
4. 통제할 수 있는 것에 집중한다.
5. 실패를 성장의 기회로 본다.
6. 자신의 삶에 대한 완전한 책임을 진다.
7. 현실적인 낙관주의를 실천한다.
8. 불편함을 참아낸다.
9. 건강하지 않은 믿음을 수정한다.
10. 도전을 받아들인다.

11. 인내심을 기른다.

12. 건강한 경계를 설정한다.

13. 과거와 화해한다.

14. 혼자 있는 시간을 마련한다.

15. 성공의 정의를 스스로 만든다.

16. 정신 에너지를 현명하게 사용한다.

17. 자신의 가치에 충실한다.

인생은 5분의 연속이다

28년의 삶을 살아온 한 사람이 있었다.
이제 그는 사형수로서 남은 시간은 단 5분뿐이었다.
이 5분이 그 어느 때보다도 귀중하게 느껴졌다.
그는 이 마지막 시간을 어떻게 보낼지 깊이 고민했다.

옆에 있는 다른 사형수들과 작별 인사를 나누는 데 2분을 쓰고,
지난 삶을 되돌아보는 데 2분을 더 사용하기로 했다.
남은 1분은 자연을 바라보며 대지와 이별하는 데 쓰기

로 결심했다.

눈물로 가득 찬 눈을 삼키며 동료들에게 작별을 고하고
가족들을 잠시 떠올리자 벌써 2분이 지나가 버렸다.
자신의 삶을 되돌아보려는 순간
'이제 3분 후면 모든 것이 끝이구나' 하는 생각이 들면서
눈앞이 깜깜해졌다.
28년간의 삶을 헛되이 보낸 것이 후회되었다.

'다시 살 수만 있다면.. 그러나 모든 것이 끝이구나'라는
생각이 들었다. 하지만 그 순간 기적적으로 풀려난
그는 그때 느꼈던 '시간의 소중함'을 평생 잊지 않았다.

그 후 그는 그 경험을 바탕으로
수많은 작품을 발표하였고,
'카라마조프의 형제들'과 '영원한 만남' 등으로
세계적인 문호로 성공하며 톨스토이에 비견될 정도가
되었다.

나에게 진정 최후의 5분이 주어진다면

나는 그 시간을 어떻게 사용할 것인가?
인생은 매 순간이 모여 이루어진다.

인생은 5분의 연속이다.

- 도스토예프스키

소중한 당신에게

세상에서 가장 기쁜 순간은 친구를 진심으로
사랑하는 마음이 남아 있을 때입니다.
세상에서 가장 슬픈 순간은 소중한 친구가
내 곁을 떠날 때입니다.

세상에서 가장 속상한 순간은 친구가
변해가는 모습을 볼 때입니다.
세상에서 가장 무서운 순간은 친구가
갑자기 냉정해질 때입니다.

세상에서 가장 비참한 순간은 친구가
나를 잊으려 할 때입니다.
하지만 세상에서 가장 행복한 순간은
친구가 기뻐하는 모습을 볼 때입니다.

세상에서 가장 감사한 순간은 친구가
내 마음을 이해해 줄 때입니다.
그리고 세상에서 가장 편안한 순간은
친구가 내 곁에 머물러 있을 때입니다.

세상에서 가장 따뜻한 순간은 친구가
내 이름을 불러줄 때입니다.
세상에서 가장 믿고 싶은 것은 친구가
나를 진심으로 사랑하는 마음입니다.

세상에서 가장 친근하게 느껴질 때는
친구의 손을 잡고 함께 있을 때입니다.
그리고 세상에서 가장 외롭다고 느껴질 때는
친구가 내 곁에 없을 때입니다.

세상에서 가장 간절히 바라는 것은
친구의 마음 속에 내가 영원히 남아 있는 것입니다.

마지막으로, 세상에서 제일 사랑하는 것은
내가 사랑하는 나의 단 하나뿐인 친구,
이 글을 읽고 있는 바로 당신입니다.

이제야 알게 되었습니다

나는 배웠다.

다른 사람이 나를 사랑 하게 만들 수는 없다는 것을. 내가 할 수 있는 일은 사랑 받을 만한 사람이

되는 것 뿐임을.

사랑을 받는 일은 그 사람의 선택에 달렸으므로.

나는 배웠다.

아무리 마음 깊이 배려 해도

어떤 사람은 꿈쩍도 하지 않는다는 것을.

신뢰를 쌓는 데는 여러해가 걸려도

무너지는 것은 한 순간이라는 것을.

인생에선 무엇을 손에 쥐고 있는가 보다
누구와 함께 있느냐가 더 중요하다는 것을 나는 배웠다.
우리의 매력은 15분을 넘지 못하고
그 다음은 서로 배워가는 것이 더 중요하다는 것을.

나는 배웠다.
다른 사람의 최대 치에 나를 비교 하기 보다
내 자신의 최대치에 나를 비교 해야 한다는 것을.
또 무슨 일이 일어나는가 보다
그 일에 어떻게 대처하는 가가 중요 하다는 것을.

무엇을 아무리 얇게 베어 내도 거기엔 늘 양면이 있다
는 것을.
어느 순간이 우리의 마지막이 될지 모르기 때문에
사랑하는 사람에겐 언제나 사랑의 말을 남겨 놓고 떠나
야 함을.
더 못 가겠다고 포기한 뒤에도 훨씬 멀리 갈 수 있다는
것을.

결과에 연연하지 않고 마땅히 해야 할 일을 하는 사람이 진정한 영웅이라는 것을 나는 배웠다.
깊이 사랑하면서도 그것을 드러낼 줄 모르는 이가 있다는 것을.
내게도 분노할 권리는 있으나 남을 잔인하게 대할 권리는 없다는 것을.
멀리 떨어져 있어도 우정이 계속되듯 사랑 또한 그렇다는 것을.

가끔은 절친한 친구도 나를 아프게 한다는 것을.
그래도 그들을 용서해야 한다는 것을 나는 배웠다.
남에게 용서를 받는 것만으로도 충분치 않고
자신을 용서하는 법을 배워야 한다는 것을.

아무리 내 마음이 아프다 해도 이 세상은
내 슬픔 때문에 운행을 중단하지 않는다는 것을.
두 사람이 다툰다고 서로 사랑하지 않는 게 아니며
다투지 않는다고 해서 사랑하는 게 아니라는 것도.

또 나는 배웠다.

때론 남보다 내가 먼저 움직여야 한다는 것을.

두 사람이 한 사물을 보더라도 관점은 다르다는 것을.

결과에 상관없이 자신에게 정직한 사람이 결국 앞선다는 것을.

친구가 도와 달라고 소리칠 때 없던 힘이 솟는 것처럼

자신의 삶이 순식간에 바뀔 수도 있다는 것을.

글 쓰는 일이 대화하는 것처럼 아픔을 덜어준다는 것을.

나는 배웠다.

남의 마음을 아프게 하지 않는 것과

내 주장을 분명히 하는 것을

구분하기가 얼마나 어려운가를.

그리고 나는 배웠다.

사랑하는 것과 사랑 받는 것의 진정한 의미를.

- 버나드 캘리

마음의 평화

산 속 바위 위에 앉아 눈을 감고 있습니다.
깊은 고요 속에서 나 자신도, 생각도 사라진 채 앉아 있습니다.

제가 멈추자 시간도 함께 멈춘 것 같습니다.
이 순간, 저는 바위의 일부가 되어 있습니다.

바람이 골짜기를 따라 내려와
남쪽 언덕을 스쳐 지나갑니다.
바람이 지나가는 길을 따라 나뭇잎이 흔들리듯

제 머리카락도 바람에 휘날립니다.

바람은 저를 지나가며 아무런 저항도 느끼지 못합니다.
저의 존재는 어디에도 느껴지지 않습니다.
바람은 그저 스쳐 지나갈 뿐입니다.

나뭇가지 사이를 지나가듯, 제 몸 사이를 지나갑니다.
저는 텅 빈 들판처럼 존재합니다.
농사를 짓지도 않고, 씨를 뿌리지도 않습니다.
때로는 밭을 쉬게 하듯
저도 저를 텅 빈 들판처럼 놔두고 있습니다.

무언가를 끊임없이 성취해야 한다는 압박감에서 벗어나
쉬지 않고 성과를 내야 한다는 의무감에서도 자유로워
집니다.
하루에 한 시간만이라도
마음의 평화를 위해 투자한다면
지친 영혼을 치유할 수 있을 것입니다.

정신적으로 풍요롭고 넉넉해진 사람이 되어

하루를 살아간다면

저는 그 길을 선택하고자 합니다.

내적으로 충만하고 의미 있는 삶을 살 수 있는 방법이

있다면

저는 주저하지 않고 그 길을 택할 것입니다.

소중한 하루

아침 햇살이 창문을 가득 채우며
당신의 하루가 시작됩니다.
비록 눈에 보이지는 않지만
마음과 마음이 이어지는 천사들의 도움이 함께합니다.

당신의 영혼은 하늘의 축복으로 충만해지며
새로운 하루를 선물로 받아들이는
당신은 참으로 복된 사람입니다.

어제의 피로는 오늘에 맡기세요.

당신이 맞이한 오늘은 당신의 용기만큼 강하며
이기지 못할 슬픔도, 넘지 못할 어려움도 없습니다.

오늘 하루가 길게 느껴진다면
이미 해가 중천에 떠 있다고 생각하세요.

오늘 하루가 짧게 느껴진다면
아직 서쪽 하늘까지는 멀었다고 생각하세요.
오늘을 나에게 맞추는 지혜입니다.

오늘을 사랑하세요.
사랑하는 만큼 오늘을 믿고
일어설 용기가 생깁니다.

오늘에 대해 자신감이 있는 만큼
내일에는 더 큰 희망이 보입니다.
나는 소중한 존재입니다.

나와 함께하는 가족은 더욱 소중합니다.
나의 이웃도 매우 소중합니다.

그러나 이 모든 소중함은 내가 맞이한
오늘을 소중히 여길 때 가능합니다.

아름다운 햇살을 가슴에 가득 안으며
천사들의 도움을 받는 오늘을 맞이한
당신은 복되고 귀한 사람입니다.
그런 당신의 오늘은 정말로 소중합니다.

사랑이 많은 사람이 가진 능력

사랑이 많은 사람은 상대의 특별함을
발견하는 능력을 가지고 있습니다.
다른 사람들은 결코 알아채지 못하지만
자신에게는 그 장점이 한눈에 들어오는 것
그것이 바로 사랑입니다.

이러한 능력은 사랑하는 사람에게만이 아니라
세상을 바라보는 시선에서도 필요합니다.
우리는 타인의 단점을 찾는 데 익숙해져 있습니다.
단점 하나만 발견해도 그것이 그 사람의 전부인 것처럼

부풀리는 경향이 있습니다.

이제 그런 부정적인 습관은 버려야 합니다.
누구에게나 장점과 단점이 공존합니다.
중요한 것은 우리가 어떤 부분을 집중해서 보느냐입니다.

평범한 사람의 장점을 확대해서 볼 수 있는 사람
상대방의 단점은 잘 보이지 않고 장점만이 도드라져 보이는 사람
그 사람이 바로 행복한 사람입니다.

위로

"괜찮아"

"할 수 있어"

"오늘 하루 어땠어?"

별 거 아닌 말이지만 누군가는 간절히 듣고 싶은 말.

이 말은 가장 소중한 이들에게 들었을 때 큰 힘을 발휘한다.

스치듯 던진 말 한마디로 누군가는 평생 상처 받아

트라우마 속에서 살아가고

누군가는 평생 그 말 한마디가 삶의 원동력이 되어
정말 무엇이든 해낼 수 있는 사람이 될 수 있다.

위로란 나약한 사람에게 주어지는 특권, 보상도 아니고
위로란 현실을 직시하지 못하게 하는 허울뿐인 말도 아니다.

위로를 도구로 삼아 악용하면 안되는 건 당연한 일이다.
그렇기에 난 당당하게 말한다.

이 세상을 살아가는 우리 모두에게 필요한 게 위로다.

에필로그

지금 당신과 행복하게 지내는 내 모습을 보면
이전의 제 삶은 많이 어두웠다는 생각이 듭니다.

그런 맥락에서 봤을 때 당신을 만나기 전의
나는 반송장에 불과했습니다.

결혼하는 것도 사랑에 대한 참된 의미를
추구하던 순수한 시절은 사라지고
다 큰 남자가 방황만 했었습니다.

정말 사랑하면 어린아이가 된다는데
당신과 함께하면 좋은 의미로 어릴 적 시절들이 생각납니다.

시간은 천천히 지나가고

하루하루 호기심과 탐구심으로 살아갔던 시절 말이에요.

걱정보다는 평화로운 나날 느껴지는 안정감 같은 거요.

대부분 사람들이 가지고 태어난 동심.

그러나 많은 사람들이 삶에 실망하고 좌절하면서

그 소중한 걸 잃어버렸습니다.

저도 그 중 한 사람에 불과했습니다.

적어도 당신을 만나서 인생을 배우기 전까지는요.

낭만이 가득한 시대에 태어나, 같은 것을 보고 자라고

지금 이렇게 나이 들어 당신을 만나게 된 게

하늘 앞에 얼마나 감사한지 당신은 모를 거예요.

우리 이제 곧 결혼하죠.
누군가는 말합니다.
좋은 순간은 한 때라고
시간 지나면 무뎌질 거라고 말이죠.

저도 당신에게 여러번 말했을 거예요.
당신 아니었으면 결혼 하지 않았을 거라고
이후에 태어날 아이에 대한 기대보다는
채워지지 않을 애정을 갈망 하면서 공허하게 살았겠죠.

많은 이들이 사랑이 시작하기도 전에 두려워 합니다.
저도 그 중 한 사람에 불과했고요.

하지만 이대로 믿어도 되나 싶을 정도로
저에게 과분한 행복감과 당신이 곁에 있어
제 인생은 매일 감사함 뿐입니다.

사랑할 때 '확신'을 가지지 않기로 했는데
당신을 만나서 지금까지 와보니 알겠어요.

사랑을 어떻게 줄 수 있고 받을 수 있는지요.

당신을 존경하기에 멋진 어머니가 될 것이고
오늘보다 내일 더 많이 사랑하게 되기에
이걸 죽을 때까지 반복할 것이기에
이 세상에서 사랑 받는 여자라는 사실은
평생 잊고 살 일 없게 만들 거예요.

변함없이 당신 곁에 있을게요.
오래 건강하게만 살아주세요.

사랑합니다.

소중한 당신이 행복하면 좋겠습니다

초판 1쇄 발행 2024년 7월 29일

발행처 어센딩
디자인 엄지언

이메일 ascending1992@gmail.com
정가 16,800원
ISBN 979-11-987540-2-8(03810)